三民叢刊201

舊時月色

張堂錡 著

三民書局 印行

自序：告別

張堂錡

有些東西，一經失去，便永遠失去，像青春，就是千金難買，永不再來的。面對花謝花開、日升日沉，大自然看似不變的假相，常常使人忽略了時光流逝的匆匆與無情，一旦驚覺時，便不免要暗歎流光偷換，何其無聲無息，無影無蹤。尤其是青春歲月，最容易在不經心間過去，當對人生開始有必須珍惜的了悟時，往往也是在抓不住青春而開始後悔的那一刻。

面對時間，我們常常是輸家。這一點，在我三十歲以後便深信不疑。從此，不敢揮霍，不敢輕視，只求能夠小輸。我覺得，對一場註定失敗的賭局，小輸其實就是贏。我時常提醒自己，要保持一顆年輕的心，純真的心，生命的長度我們不能控制，但濃度與密度卻是操之在己的。因此，坦然面對青春的已經失去，不再重蹈覆轍，才能在最終結算籌碼時，保住小輸的局面。

這本散文集，是我向青春告別的見證。還好有這些文章留下，讓我輸得不是太難看。

今年一月中，我繳回擁有多年的學生證，拿到了博士學位。當辦完離校手續，走在外雙溪畔熟悉的校園裏，我很清楚地知道，一段人生的黃金歲月已經成為記憶，不管願不願意，沒有選擇的餘地，你只能向前。

這些年來，我的創作不多，主要是散文，而且許多是應編者之邀才提筆。距離上一本創作結集《讓花開在妳窗前》，已經五年。五年來，我並沒有荒廢筆耕，但多是學術研究與採訪報導，陸續也出了幾本書，對自己，對時間，總算有些交代。只是，面對最愛的小說創作，幾乎是繳出了白卷，這讓我很是遺憾，因此，我興起了出版這本書的念頭。既然人生要無所選擇地走向下一個階段，那麼，我要決定自己的走法。向散文告別，讓生命轉入小說，便是我下一段路程要欣賞，要開墾的風景，是我的走法。

這本集子，對我個人的意義即在於此：向青春告別，向散文告別。告別的心情是感傷的，但也是嚴肅的。這些年來，我研究散文，教散文，博士論文也與散文有關，將來，我仍然會研究並教授散文課程，但要再提筆寫這些較感性的散文，恐怕不容易了，因此，格外有種珍惜的心情。敝帚自珍，讀者當能諒解才是。

書中篇章，大多曾在報刊發表，或被轉載，或收入選集。多篇是舊作，與《讓花開在妳窗前》同一階段，也有一些近年的新作。即使是舊作，我幾乎都做了一些改寫，或刪或增，有的只保留自覺尚可的段落，有的再加發揮，也因此，這本集子的數量不多。但或敘童年往事，或寫人物情緣，或記服役心情，或抒讀書雜感，還是呈現出了一個豐美多姿的青春世界，屬於我的過往記憶。舊醅新釀，味道還是醇厚的。真心希望，它也能觸動你的心情，引起你的共鳴。

這本書與《讓花開在妳窗前》可說是姐妹之作，分不開的不只是時間，還有情緒。它們是連在一起的，正如青春只有一個，不能分割。

八月起，我將在指南山下、醉夢溪畔的政大校園中，開展我另一程生命之旅。別舊迎新，前方有一大片未知的天地待我去探尋，去耕耘，正如我在〈校園裏的椰子樹〉中說的：「我會在有月亮的晚上走過，思索我的下一本書，下一步的人生。」回到校園，本就是我的選擇與夢想，如今既已落腳安頓，面對未來，我將欣然迎向前去。

一九九九年八月序於蘆洲

舊時月色　目次

卷二 舊時月色

目次

卷四 人在旅途

卷五　斷簡殘篇

《卷一》

逝去的臉譜

十元人民幣的悔憾

九一年夏天，我隨一香港書畫團赴大陸旅遊，行程包括了蘇州、杭州、黃山及千島湖。那是我第四次進大陸，因此不會感到陌生或不安，也正因為不是第一次，對一些諸如黑市兌換、購物殺價的技巧頗能掌握，加上入境隨俗的機警，一路下來倒也獲得了不少愉快的經驗。

當然，不愉快的經驗不是沒有。例如每到一處風景名勝，總免不了會有一些孩子成群結隊的乞討要錢，就是很煞風景的事。我曾在深圳時，因給了一個小孩二塊錢，竟招來一夥七、八個孩子，一路尾隨我們「逛街」二十多分鐘；在黃山西海賓館外，一群孩子在販售遊覽指南之類的畫冊，當我露出欲購的神色時，他們馬上一擁而上，從四、五歲到十來歲的孩子都有，在推擠間，那個四歲的小娃兒被硬是推倒在地，於是，我馬上不忍心的扶他起來，並斥責其他孩子的粗魯，最後，我當然向那個小娃兒買了一本畫冊。然而，就在我轉身離去之際，卻看到那個小娃兒欣喜的將錢交給其中最年長的孩子，而那人又遞給他一本畫冊。

我頓時有一種受騙的感覺，不過，才十五元人民幣，畫冊也有用處，就算了。

當我把這段經歷告訴團員時，他們都饒富經驗的笑我被騙了，並且好意的勸我，類似的情形太多，心腸要硬，否則自己吃虧不說，還會助長這一「行業」的興盛。

接下來的行程中，果然每到一地，總有一些孩子湧來要錢，而我不得不「訓練有素」地視若無睹。即使是在杭州虎跑寺外，一個大男人扛著骨瘦如柴、衣衫襤褸的小孩，在烈日下敲著我的車窗，要我給他點錢，

「救救可憐的孩子」，我也狠下心腸沒有搖下車窗。因為，像這樣的「組合」，我在上車前已看到好幾對。

可是，不管怎麼說，孩子總是無辜的啊！「你給了他錢，保證錢不會用在孩子身上。」我的團員如此開導我。

從黃山下來的那一晚，我們投宿於花溪小鎮。行李安頓好，我隨同幾位團員一起去逛夜市。在一處即將打烊的市場前，幾位團員正在討價還價地買水果。我有些索然的立在遠處，看人潮的逐漸散去。

突然間，我覺得衣角被人用手輕輕牽拉著。低頭一看，又是個小孩——五、六歲的小女孩。然而，不同的是，她與我一路上看到的衣衫破爛、舉止粗野的小孩完全不同，她身著一襲乾淨、典雅的淺色小洋裝，長髮披肩，正以一雙清澈無邪的大眼望著我。我有些愕然，但隨即了解了她的用意。她羞赧的偷偷瞄向不遠處一名穿著粗陋白襯衫的中年男子，那名男子不斷以手示意她開口向我討錢。

她一直沒有開口。只是不斷望望我，又看看那名男子。她和我一樣困窘。團員的警告又在我腦海閃過。我的褲袋中正好有一張十元人民幣，我伸手握住，猶豫著該不該給，並且試圖挪動身子向別處走去，看她會不會知難而退。這麼清秀的小女孩，為何要如此在街頭乞討？那名男子如果是她父親，怎麼會捨得讓她拋頭露面，承受不安、屈辱與恐懼呢？我胡亂的想著，沒有停下腳步，而她與那名男子也跟著我走了五十公尺之遠，手始終輕拉我的衣角，不曾放下。

我實在不忍，決定破例一次。就在我要拿出錢來給她的瞬間，那名男子突然疾步走了過來，手中抓著一把零散的紙鈔、硬幣，塞進女孩手心，並且大聲的對她說：「好可憐，這些錢給妳！」說完立即掉頭而去，可是在不遠處卻停了下來，回頭冷眼看著我。

我放在褲袋中的手不禁僵住，那十元人民幣，則始終沒有掏出。它皺成一團，上面沾染了我手心的熱汗。我掉頭離去前，瞥了下跟前的女孩，依然是一雙大眼，無助、無奈的望著我。她察覺出了我的決定，放下手，黯然垂下頭，無言轉身，慢慢走向那名男子。然後，我聽到一陣毫不掩飾的斥責聲。

好幾年了，我沒有忘記那張雅秀、稚幼的臉，她眼中的企盼，與不安。九一年夏天在黃山腳下的小鎮上，至今仍有一張過早寫上生活滄桑的眼顏，在我心中清楚地烙印著。

偶爾想起來，那種心情是很複雜的。

後悔的時候居多。明知是一場騙局，我為何要如此計較那區區十元，如果十元能讓那女孩得到一丁點的快樂，今天的我，絕對願意給她一百元。

可是，後悔之外，更多的是憤怒。不論是黃山上那個四歲小娃兒，還是黃山下那個男人與小女孩，為了謀生，不得不在人前扮演一次次騙取同情的戲，這種小小的演出，我不覺得憤怒，反而有更深沉的理解。

我不能原諒的，是造成這種人性扭曲的社會，以及這麼多年來荒腔走板的政治演出。

我想，只要黃山上那個四歲小娃兒還在，黃山的美景就必然失色不少；至於那張沒有掏出的十元人民幣，則已是我心中難言的一樁痛楚。

好幾年了，我一直不曾忘記那張小女孩的臉。

什麼時候，在中國的土地上，可以不再出現那樣的一張臉？

測謊人生

怎樣的人生才是真實的呢？

有時世事乖謬，會令人油生錯愕受騙之感；有時滄海桑田，又讓人興起浮生若夢之思。萬物逆旅，天地一瞬，走完一生路途，人真正能掌握的似乎不多。而且，鏡花水月，如假似真，不論是識破虛假，還是找出真實，恐怕都一樣讓人精疲力盡。

在「我說的謊都是真的」的弔詭世界裏，偏偏有一個人，四十多年來，一直用他縝密的心、犀利的眼，加上科學的分析，專門從事打破謊言、揭穿假面具的工作。這個人就是七十多歲、已自刑事警察局檢定組退休多年的測謊大師陶鳴義。他的得力助手，則是一臺類似心電圖的測謊機，如今佈滿灰塵地置於房間幽暗的角落。

因著採訪工作，我和他在松山路簡陋的公家宿舍裏對坐閒聊。他說，退休以後，他總是獨自一人靜靜坐在窗邊，聽窗外車聲人語熾熾滾滾，或許，巨大的音浪可以掩蓋住他粗重的氣喘吧！因車禍而不良於行的腿，縮藏在寬鬆的睡袍底下。黃昏時分，屋內光線將暗未暗之際，幾莖散亂白髮的他，就顯得更蒼老、憔悴了。一地的舊報紙、米酒瓶還有一鍋早已冷卻的殘羹剩餚，隱隱散發出一股陳舊的氣味，在空蕩的屋裏陰沉地氤滯著。

牆上一幀泛黃的獎狀，像是一則湮沒已久的傳奇，只屬於過去。

那一年的事？不大記得了。只依稀想起，那場中國人打了八年的苦戰，二十歲的年輕人，還差兩年就可從湘雅醫學院畢業，卻在日軍打到貴州獨山時，毅然從軍。由於熟諳英文，被選在中美合作的特勤班中擔任翻譯，而且是跟隨在美籍教導主任的身邊工作，一些與警察辦案有關的技術，就這樣點點滴滴地學了來。

抗戰勝利，本該返校繼續未竟學業的他，卻在後來出任警察總署署長的唐縱勸說下，放棄了醫學，選擇了警察。當美國人紛紛離開、同事急欲返鄉的時刻，他接受了善後的任務。三條小木船，乘載了特勤班的重要器材，他帶領學生由重慶轉赴南京，那臺全中國獨一無二的測謊機，就這樣開始與他共度此後漫漫的四十年。

上海發生金圓券洩密案、經國先生在上海「打老虎」、中國郵政總局遺失鉅額公債案、臺大學生勒斃女友案、政工幹校出現反動標語案等，他都利用測謊機協助辦案，以科學技術突破嫌犯心防，而深獲上級器重。然而，隨著在實驗室裏從事指紋、筆跡鑑定的時間增長，他的青春歲月也悄悄流逝。

每一次檢定，他都告訴自己，一定要找出真相。每一次替嫌犯測謊，他都希望每個人說的是實話。但是，事實的真相是，總有一個人在說謊。

對他來說，那段與測謊機為伍的日子，該是一生中最精彩的高峰。隨著機器螢幕上起伏跳動的曲線，虛假在他面前無所遁形，真相最後終將大白。冰冷的機器，熱情的生命，巧妙地在人生舞臺上，扮演著一齣齣正義與公理的戲碼。

可是，揭穿謊言的那一刻，真的快樂嗎？一顆心，又能承受多少真實與謊言的重量？冰冷的測謊機可以無動於衷，他不能。

雖然，那麼多年來，別人升官顯赫，他依然待在實驗室裏，但他不在乎。破案獎金、榮譽獎章、長官嘉勉，他也可以淡然。只不過，人老了，髮白了，家庭的溫暖遠了，能抓在手裏的實在寥寥無幾。如果這樣的人生是真實，可不可以不要？

曾經，他以測謊左右了許多人的命運，可是，在時間之流裏，他還是無法左右自己的一生。真話與謊言，最後都敵不過時間的催化，一一變成了泡沫水花。

那臺測謊機當然早已報廢，七十餘歲的老人則無言、寂寞地坐在夕暉微照的窗前。

松山路上，一樣車塵滾滾，人聲譁譁。

只有我們能分享
——懷念梅新先生

在中副工作過的人都知道，「章先生」是我們對梅新先生一種默契上的稱呼。不論他在報社的職務是如何一路從組長、副總、主任到主筆的向上調整，我們在辦公室、私下場合都是如此簡單、直接地喊他。是怎麼開始的，我不清楚，他主編中副十年，我追隨他八年多的時間，從我一到中副，就這麼一路喊了下來。報社其他單位的同事常感不解，為何如此「生疏」地以先生稱之，應該稱之以組長、主任才對；也有人認為，為何如此「尊敬」地以先生稱之？這些疑惑，我們也很難去解釋，只覺得如此稱呼很習慣，很順口，也自有一種親切的意味。後來我們開玩笑地對他說，這個稱呼最方便，因為不管他的職務如何改變，稱章先生永遠不會錯。

章先生是一位知名的詩人，這是進副刊工作後我才知道的。那時我負責的是以介紹文史知識為主的「長河版」，和中副不同辦公室，但都屬副刊組，章先生的位子在我們辦公室。對於長河版，我知道他一直有一份殷切的期許，當報禁解除、各報均推出第二副刊之際，他以其過去在《國文天地》社長期間的經歷與認識，企劃這種不走流行、娛樂路子的副刊，自有他的文化理想與堅持。長河版於一九九六年十二月改版，對這份我們共同澆灌多年心血的版面結束，我們總有外人難以理解的憮然與無奈。而今，梅新先生已然過世，對長河版難捨的懷念，大概也僅剩我一人了。

初到副刊時，極少看到他寫詩，很長一段時間，他都把心力投入編務中，然而，我仍不時可以感受到他浪漫、濃烈的詩人氣質。例如他櫃子裏常擺著的高粱酒，有時下班了，他還在工作，就倒一小杯，拿出一些花生，邊吃酒邊看稿，我總在那時候體會到他的文人性格。後來，他出詩集，編《現代詩》、「年度詩選」，詩人的身影愈來愈清晰。有時發現他一段時間不出聲，抬頭看他，桌上檯燈凝聚下的一束光亮，如果和他眉頭深鎖的一道深溝相互輝映，而他又專注地用心愛的鋼筆在寫字時，我猜想他大概在寫詩了。而如果，他突然抬頭問我某個字怎麼寫時，那就可以斷定他必然是在寫詩了。有時，他也會把寫完的詩讓我先看，聽聽我的意見，我記得很清楚，他會稍嫌誇張地笑兩聲，輕拍我肩膀，把詩稿遞給我，摘下老花眼鏡，有些羞赧地說：「這樣可以吧？」一種對文學創作的慎重情緒與近乎神聖的追求，在拿著他筆跡工整的詩稿時，總強烈地感染了我。在詩藝的自我要求上，他一點也不浪漫。

他對晚輩的真誠提攜，使我與他之間，很少俗世人情上的客套，真的是淡如水。我不曾將他視為「長官」，他也不曾對我端出架子。八年多來，他不曾對我發過脾氣，這一點常令辦公室其他女生「憤憤不平」，說他「重男輕女」。他知道我寫小說、散文，出過書，就讓我在中副開專欄；而我寫過無數的採訪稿，他很少刪改，完全尊重；當我考上博士班後，對學術興趣較濃，他就放手讓我主編「長河」，不加干涉地任我發揮，使我的編輯想法得以一一實現。這些點點滴滴，我長記在心。很多上司做不到的開放胸襟，他做到了。副刊編輯是我的第一份工作，八年多沒想離開，就因為章先生的這份情義。

每年春節期間，我們總要籌備「全國作家新春聯誼茶會」，之前要先發出千餘張的邀請函，大家分開寫信封、裝信函，忙得人仰馬翻。有一年除夕的前一天，同事們都回家過年了，他擔心信件若拖到年後才寄會誤事，於是我們兩人不下班，或提或抱，還推著推車，從報社走到復興南路上的郵局，把所有信件寄出去。傍晚漸暗的天色中，路上車塵滾滾，我們邊推邊大聲說著話，看得出他把這件事做完後的安心與自得。如果這些信不早寄出，他這個年肯定過得不安穩。他就是這樣一個責任心重的「工作狂」。

九六年的六月，我們舉辦了一場「百年來中國文學研討會」，那真是副刊同仁畢生難忘的經驗。四十幾篇論文，近五十萬字的稿量，二十幾位來自大陸、海外的學者作家，足足三天的議程，以及相關的參觀、餐宴等，讓副刊組忙翻天了。章先生不停的聯絡、安排、幫忙裝訂論文、開會等，我們跟著他一起在完成一件大事。那時的章先生經常胃痛，我們就笑他太緊張，要放輕鬆，但他氣色似乎愈來愈差。會場上，他專心旁聽；餐會時，他頻頻勸酒，熱絡氣氛；到中南部參觀時，他抱病前往，為的是做好這件他一手策劃的文壇盛事。然而，他還是倒下去了。腹瀉，疲倦，到醫院打點滴，身體異常的徵兆一一透顯出來，直到那致命的檢驗結果出現。

一九九七年八月底，因著博士論文的撰寫，我辦了留職停薪。他堅持不讓我辭職，而我也答應他會再回來，一起做許多事。那時他開始吃中藥治療，覺得很有起色，我很放心地向他辭行。我們在辦公室裏閒聊著，談時局人事的變化、文壇的近況，也談論文的寫作、治療的情形。晚上七點多，辦公室的人都走光了，我說要開車送他回家，他習慣性地熄滅桌上的燈，關上門，走廊上靜悄悄的，我笑說，以後剩你一個人加班了，他說他也不加班了。下車後，他向我揮揮手，北京樓的霓虹燈正如常閃爍著。我忽然想起五年前考上博士班時，他高興地帶我到這家北方館子吃飯慶祝的情景，很想對他說，等我畢業，我們再來這裏吃一頓！但綠燈一亮，他就大步地向對街走去，因此，這個約定也就只是我心中未說出的一個承諾而已。當時的我，絕沒有料到，才一個月之後，他就再度住院、辦退休，甚至於，竟遽然過世了。

相處八年多來，章先生永遠是衣容整齊，神采煥然，大步疾走，聲音宏亮。有時他在辦公室打電話，老遠就聽得到；他從外面回來，不必進辦公室，走廊上的腳步聲就清晰可辨。然而，到醫院看他時，卻已是面容憔悴、蒼白，說話虛弱無力，這怎不令人心痛！我們故作輕鬆地聊著，想起了以前在辦公室的高粱與花生，他最喜歡吃報社附近、復興南路上一個老頭賣的花生，他去買了回來，總是倒一些在我桌上，笑著說：「只有我們能分享！」因為有幾年時間，副刊組除了我們兩人，其他都是女生。我有時去買，也會請他。興致一起，他會打開櫃子，拿出他喝了很久都喝不完的高粱，倒給我一大杯。每當那個時刻，我就看到了一個詩人的真性情，也溫暖地感受到一個長者親切的風範。我想，我們之所以稱他為「先生」，而不稱他為主任，就因為我們之間的關係從來就不是長官與部屬，而是給我們身教與言教的朋友、長輩、老師，是「先生」。

我在病床前問他，想不想吃那家的花生，我買一罐來？他笑了笑，沒說話。一會兒，他看著我說：「趕快回來。」我說：「寫完再說吧。」可那一刻我心裏明白，不可能再一起慶祝了，也不能再買包花生回來，笑著說「只有我們能分享」了。還有，我們談過的一些計畫，也都永遠不能實現了。一時間，我好像覺得副刊那麼多年的甘苦生活，竟模糊、迷離得像一場破碎不成形的夢。

後來，我不曾再去買那個老頭賣的花生，而且，也正式辭去了報社工作。只是，對他的思念一直沒有斷過。

今年元月十五日，博士論文口試通過那天晚上，送完口試老師回家後，我突然又想起了他，臨時決定去向他報告這件他生前曾經關心過的事。不知道章太太是否在家，也沒想到突然造訪的失禮，我只想在我生命中重要的一天，能與他分享。車子在高架橋上飛馳，轉入羅斯福路後不久，北京樓閃爍不已的霓虹燈亮晃晃地映入眼簾，極短的一瞬間，我有個錯覺，以為他正在裏頭等我一起慶祝呢！但在紅綠燈路口停下時，我卻忍不住眼眶濕潤起來。

三十年的愛

電影「鐵達尼號」的風行，掀起了無數有情人對永恆之愛的浪漫憧憬，很多人都認為，真正的愛不在乎天長地久，而只求曾經擁有；刻骨銘心的摯愛，在於心靈相應相知的深度，而不必然要時間的長度。這個說法，我是贊同的。只不過，大家太強調「剎那即永恆」的愛情觀，很容易讓人忽略掉，平凡夫妻相守一生的愛情也同樣感人。柴米油鹽與尿布貸款，看來一點也不浪漫，談不上驚天動地，但是，在我看來，它需要更堅定的愛情為基礎，其中的相忍扶持，犧牲奉獻，受到的考驗可一點也不輸於天雷勾動地火的激情愛戀。

很多人都會問，童話中的王子與公主，從此是否真的過著幸福快樂的生活（至少戴安娜與查理王子就不是）？也有人會問，如果傑克不死，他與蘿絲會白頭偕老嗎？恐怕沒有人敢如此肯定吧！因此，浪漫之愛固然感人，平凡之愛也有它耀眼的光亮，只不過，懂得喝采的人畢竟不多。小盅飲茶，大家覺得是雅事，但大杯喝白開水呢？也許不是那麼風雅，卻是比較踏實吧！

「鐵達尼號」的錄影帶擺在家中，看了幾次，盪氣迴腸之後，最近反而會常常想起從前在國中教書時，所知道、看到的一對平凡老夫妻的故事。沒有豪華的郵輪作背景，只有簡陋的平房；沒有冰山船難的傳奇，只有折磨人的疾病衰老。然而，我的感動一樣深沉。

那已是十幾年前的事了。當時五十四歲的王彩霞女士是總務處的文書組長，平日專責登記公文的收發及一般信件的處理。我到校教書不久，在一次與同事聊天時，聽說她家裏有一位需要長年照顧的病人，但因教學繁忙及無人再談論此事的情形下，我的所知也僅此而已。

一個傍晚，我因事到學校操場後面的教職員宿舍找人時，無意間在王彩霞那棟陳舊的矮屋內，瞥見一位面無血色、骨瘦如柴的老人，像一具死屍般正歪靠在躺椅上，如窟窿凹陷的雙眼，直愣愣地望著門檻前。夕陽餘暉正輕灑在鋪滿落葉的泥地上。他的身體傾斜得好似隨時會倒地不起，令人悚然的乾癟四肢，加上毫無表情的面孔，使我陡地心駭肉顫，恍見鬼魂乍現，不禁倒抽口冷氣，一股寒意自背脊竄入心中。

我立刻想到同事們口中的那個「病人」，莫非就是他？他是王彩霞的什麼人？得了什麼怪病？一連串的疑問閃入腦際，也勾起了我的好奇心。

第二天一早，到操場練完跑步後，我忍不住又向宿舍走去。王彩霞的屋旁，用長條木板圍了一小塊空地，栽種了好些不同種類的花草，有杜鵑、茶樹、玫瑰、菊花等，規劃得井然有序，看得出主人細心的照顧。我停下腳步，細細欣賞這一畦芬芳的花繁葉茂。這時，我聽到王彩霞略嫌低沉的聲音從屋內輕輕傳來：

——這是你最愛吃的粥，幾十年了，怎麼老吃不厭呀？

——喔，對了，阿明說要去唸軍校，你贊不贊成？我是隨他的意啦，只要他認為好就行了。

——外面茶花開了一小朵，等一下推你去看……

我怔在那裏聽得出神，若不是認識屋內人，我真會以為是年輕戀人的款款細語呢。但是，我也發覺到，從頭至尾都是王彩霞一人的獨白。雖然如此，我仍認為這是一段生動感人的「對話」。家常平凡中，年輕的我，卻被那夫妻間相濡以沫的摯愛深深打動了。

其後陸陸續續地打聽，我逐漸拼湊出這一段愛情故事的輪廓：

在他們婚後的第三年，他忽然得了一種怪症，大概是慢性的肌肉萎縮吧，多次奔波治療，還是藥石罔效，四肢也開始消瘦衰老，中間且曾一度危急差點死去。龐大的醫藥費及晴天霹靂般的打擊，令王彩霞幾乎失去生存的勇氣而欲以死求解脫，但她依舊咬牙苦撐下來。結婚三十載，只過了三年幸福無憂的日子，想來不禁鼻酸。她堅強地支持這個失去重心的家，找工作賺錢，服侍湯藥，又因為他幾乎等於全身癱瘓，大部分的行動均需仰賴攙扶，諸如此類日復一日的重擔，二十幾年來，她一肩挑起，為了他，也為了當時才牙牙學語的孩子。

三十年的婚姻生活，說穿了，竟是犧牲與付出交替的過程。然而，殘缺的生活，往往令人綻射出圓滿的生命。在一次偶然的機會裏，我探詢了她心中可曾有過遺憾或埋怨，她聽了只是淡淡地對我一笑，告訴我：「這是上輩子欠他的。」

多麼平凡而不起眼的一句話，似乎，認命是她對這樁愛情唯一的註解。源於愛，她心甘情願燃燒自己。對她來說，夫妻本是同林鳥，大難來時應該更相隨。

常常，在吃完晚飯後，她會推著輪椅，浴著向晚的微風，悠閒地和她先生在操場上散步、聊天，一圈又一圈，一年又一年。我從不知道他們說些什麼，但在這四百公尺的田徑跑道上，他們已不知攜手走過多少回。漫長的歲月，多少風雨挫折，這一趟人生的路還很長很遠，但我相信，堅毅的王彩霞是不會退縮的。

三十年，因為愛，所以無悔。

看著「鐵達尼號」波瀾壯闊如史詩般的場景，如歌如夢的淒美情節，我想著，隔了十幾年，那操場上的身影是否依舊？他們的生活有沒有奇蹟出現？沒有驚濤駭浪，沒有「海洋之心」的璀璨光芒，有的只是平凡的際遇，不圓滿的婚姻，但是，每看一回「鐵達尼號」，我對他們的想念與敬意，就更增一分。

逝去的臉譜

劉世福

他的個子不高，瘦小且有點駝背，加上一臉黝黑，整個人看起來陰陰沉沉的沒有生氣。父親在夜市賣肉羹及水餃，兼賣一些小菜，母親則一旁招呼客人。每當我們丟下書包，在外頭廝混打殺得天昏地暗時，他都必須去幫忙洗碗，因此，我們總感覺他像個被遺忘的人。

四年級下學期，一個燠熱的午後，他的鄰居陳嫂突然出現在教室外頭，輕拍窗子，比手劃腳請老師到外面說話，不久，老師便滿臉哀戚地走進教室，輕撫他的肩膀說：「劉世福，快點，書包收拾一下，趕快回家，你媽媽，你媽媽死了，不要難過，快跟你的鄰居回去——」

教室的氣氛一下子凝凍住了，大家都面色沉重地看著他把便當塞進書包，並戴上那頂顏色已褪淡的黃帽。窗外陽光很大，然我只覺有股冷意顫麻麻地竄著全身。

六年級時，有一天我放學沿著離村子不遠的河堤走路回家，似乎聽到有人喊我，遂好奇地走進河堤外密植的樹林內，發現劉世福正手持一把柴刀，書包棄置在矮灌木叢後，令我驚訝的是地上堆了不少樹枝，一個鋁鍋正盛滿水在石頭砌成的灶上燒煮著。

「你在幹什麼？」

「我要建房子，自己煮飯吃，我會照顧自己。」

「別傻了，那有這麼簡單？」

「只要不必回家，看我後母的臉色，我做什麼都可以，你看，在烤番薯，等一下請你吃一個，很棒咧！」

我本想勸他回家，但受不了那誘人的香味，便幫他搧火撿柴，並且答應絕不跟任何人講。

啃番薯時，我問起他媽媽是怎麼死的，才知道他媽媽要到市場去買魚，結果在巷子轉角被急馳的汽車迎面撞上。

「人都飛了出去，陳嫂說，碰到牆壁又彈回來……魚也壓糊了——」

那個晚上，我躺在床上，竟覺得他像課本上寫的魯賓遜一樣，令人十分羨慕。

第二天，他沒來上課。放學後，我再到樹林中去找他，除了塌倒在地上的木板樹枝，凌亂的石頭和被水澆熄的灰燼外，什麼鬼影子也沒有。

第三天，他來學校了，我趕緊趨前低聲詢問：

「你跑到那裏去了，我昨天有到那邊去——」

「被我爸爸抓回去，還被打了一頓。」

他摸摸屁股跟臉頰，頹喪地說：

「我爸說，下次再這樣，就要把我趕出去——」

我聽完才覺得他其實很可憐，只是不知如何表達我的同情。以後，他就這樣悶悶不樂的，一直到畢業。

國中二年級，我聽到鄰居在談論一件悲慘的意外：

夜市那條街道，死了一個小孩，是個國二的學生，坐在他爸爸的三輪腳踏貨車上，準備到夜市攤位的途中，因為要閃避超速的大卡車，一個急轉彎，車子整個向右傾覆，車上滿載的是燙滾的肉羹及煮沸的熱湯……

「那孩子是被燙死的，可憐喔，整個皮都爛得紅紅的——」

我不敢去打聽這件事，更不願去證實我心中的臆測，只是數個月後，我騎車經過他父親的攤子，卻瞥見他父親半邊的臉上有塊燙傷的疤痕，一隻手正拿著鋁杓有氣無力地攪動著面前鍋中滾燙的肉羹湯。

那一瞬間，我覺得他父親好像整個人蒼老了許多。

許麗華

我還記得，小學三年級時，她從臺北轉到我們學校且分到我們班時引起的小騷動。一向自以為對女生很有研究的大雄，在目瞪口呆了好一會兒之後，用一副十分老成且篤定的口氣對我說：「太漂亮了，所以，命一定不好。」

當她在臺上自我介紹時，每個人都仔細地上下打量著她。頭髮略呈蜷曲的波浪狀，瀏海覆在細白的臉上，有種自然的嫵媚，下巴略尖，但不影響整個瓜子臉型的古典美。淺淺微笑時隱約可見的酒渦，最讓我動心。大家起哄要表演節目，在難以推卻的要求下，她唱了一首電視上很流行的「梨山癡情花」，當唱到「她的兩顆眼睛水呀水汪汪，烏溜溜的頭髮披肩膀，一把熱情像太陽——」時，我覺得她好像唱的是自己。

後來，我擔任班長，基於小孩「英雄美人」的幼稚念頭，班上同學很自然的要把我們「湊成一對」，比方說，遊戲時刻意地分在同一組等，她一直都不以為忤，反而很大方地接受，這轉變很是令我沾沾自喜。

在一次為慶祝校慶的活動中，我被推舉為山地舞的酋長，三百多名學生的大場面，我成了控制全場的樞紐。尤其最後要結束前，十二名同學用手搭成轎子，我被高高抬起並揮手微笑向「子民們」致意離去的一幕，更是全戲的高潮，眾人注目的焦點。

一天排演完後，進教室準備打掃時，許多同學鬧嚷著要替酋長娶「壓寨夫人」，硬是將我和她推在一起，並肩坐在桌面上，兩腿並攏，雙手平放在膝蓋上，像是真的要盟訂終身，準備拍結婚照般地慎重又有點不好意思。近十名男女同學或拿掃帚，或敲水桶，圍著我們嗨喲嗨喲地跳著山地舞，那一刻，我好像被一種莫名的喜悅與甜蜜籠罩著，覺得自己很幸福。

不久，我開始在廁所牆壁上看到用粉筆劃的「××愛××」之類的無聊字眼，每次都撒泡尿將它沖掉，但內心並不覺氣憤，反有著淡淡的得意自滿。

那陣子，電視上「雲州大儒俠史豔文」風靡了每個人，其中「苦海女神龍」略帶幽怨的曲子，也在同學之間流行。我有一次無意中聽到她在教室灑水時，輕輕哼著這首歌，才發現原來她的歌聲十分美妙動人，不亞於許多弄姿作態的歌星們。

然而，童稚的心靈是不懂得「永恆」與「認真」的。生活的重心仍是不停的「玩」，對於她，對於我，這些點點滴滴的相處，始終成就不了一份緣，甚至，我們又怎懂得什麼是「緣」呢？

畢業典禮當天，我拿著紀念冊找她簽名，低頭不語的她，在寫下她的名字後，送給我一張她長髮側臉的彩色照片。我定定地看著，彼此像是很有默契的老友般不約而同的相視而笑，她的笑，依然豔光四射，令人怦然心動，相處三年，此刻的離別，我才警悟到這樣美麗的笑容不知以後能否再見到？

上了國中，大家都忙，其間除了一次同學會，我們就如斷線的風箏般漸漸失去了聯繫。

高三考完聯考的暑假，有一回騎車途經內壢時，輪胎被刺破洩了氣，我立刻推到縱貫路旁一家機車行去修理。當車擺正後，才看到蹲在地上，替一輛野狼一二五放機油的竟是昔日小學同窗的大雄。

「我在這裏做學徒，國中畢業就來了。」

他用抹布擦拭手上的黑油，喜孜孜地拉我進去，並拿瓶七喜汽水給我，久別重逢，許多兒時趣事一一浮現，讓我們都不禁跌入那快樂的時光隧道中，直到他提起了許麗華：

「唉，說到她，也很不幸，爸媽心肝狠，利用她的漂亮臉孔，當搖錢樹，國中都沒有畢業，就讓她到歌廳去唱歌，離這裏沒多遠啦，你可以順道去看看她。有時，在街上碰到也會聊一下，有好幾次還問起你呢！唉，還沒嫁人，已經打掉一個孩子，聽說是被人灌醉騙去啦，我也不敢問，這些歹人哦——」

許多關於她的記憶，突然一下子都聚攏到眼前來。我和大雄握手告別，他指點我往歌廳的路徑。

「看到她，別驚訝，人啊，總會變的啦！」

雨下著，那是一座不起眼的小歌廳，門前有人賣烤玉米，左側則是停車場，零星擺放著幾輛舊車，售票員正坐在進口椅子上打呵欠，櫥窗內色彩濃豔的廣告，除了兩個曾在電視上唱過幾首歌，所謂「電視超級紅星」的放大照片外，其餘的只是用長條菊紅色壁報紙寫著名字及節目而已，偶而上面會黏貼幾粒金粉，但那閃光是多麼黯淡呀！我終於在一排名字的倒數第三個看到了她：

「麗華小姐　招牌名歌——苦海女神龍！」

有雨水沿著櫥窗細細滑下，形成許多不規則的線條，互相擠割著，曾經熟悉的名字，彷彿被切割成許多碎片，我頓覺喉嚨有一陣哽咽的難受湧上來——

趙平與若萍姐

趙平的童年是坎坷的，連他自己也不知道爸媽究竟長得什麼模樣，未解世事之時，父母離異的悲劇就已落幕，他連插個嘴的餘地都沒有，不過，他又是何等的幸運，因為有著兼負嚴父慈母職責的若萍姐。

提起若萍姐，村裏的人沒有不誇讚的，雖然才十六歲而且只國中畢業而已，但在村裏年輕一輩中，還找不出比她更懂事、更堅強的女孩子。自從帶著兩個弟弟住進叔叔家後，從煮飯洗衣的日常雜事，做到工廠裏電子零件的配置，她不僅毫無怨言，而且做得賣力又出色。尤其是對兩個弟弟的管教，當她板起臉孔狠狠數落或殷殷勸慰時，儼然是個小大人，就連她嬸嬸也不得不佩服：

「年紀輕輕，做事這麼穩重，那像她父母，性情那麼激動，一句話不合，說分就分啦，完全不顧孩子的將來，真是難為了若萍一個人，阿平跟阿義，以後若會想，可不能忘了她的好處——」

在學校，趙平是個風頭挺健的人，球類活動少不了他，團康遊戲時會用笛子吹「春神來了」，也會學布袋戲裏的怪老子講話。還有一次同學會，他導演了一齣戲——「荊軻刺秦王」，當最後荊軻從地圖裏抽出一把玩具手槍時，我們都笑得直不起腰來。

而若萍姐正好相反，不喜熱鬧，是朵溫婉安靜的白蓮花，素淨的臉給人一種安詳舒服的感覺，黑溜黑溜的長髮總是用條橡皮圈紮成馬尾辮，睡前才放下來。她像是每個人的大姐姐，我們幾個小孩都喜歡往她那裏跑。她住的地方是磚牆土地的「房間」，有三戶人家共擠在一屋簷下，聯接成一列如山洞般的長屋。中間一條陰暗深長的甬道，甬道中央稍寬闊處是廚房兼大廳，上有一小格天窗採光，走道兩側則是用甘蔗板隔成的房間，姐弟三人便擠在一房間內，除了中間的衣櫥將榻榻米分隔成兩邊外，一張桌子、兩把椅子和堆在角落的幾口箱子，就是全部的家當了。有一次若萍姐在縫補阿平的卡其褲時，就幽幽嘆口氣說：「阿平最近總是說，房間太小了，住起來不方便，唉，我也知道，可是想想看，我們的命住得起大房子嗎？能有個落腳的地方，已經是上天厚待了——」

我聽著彷彿也感受到她眉睫深鎖的愁苦與命運無情的捉弄。

「現在，我只盼望阿平跟阿義，為我們趙家爭口氣，可是，大的愛玩，小的愛跟，下班回來常常看不到人影，實在拿他們沒辦法。你有機會，幫我勸勸他們，別太貪玩，我們是窮人家，玩不起。」

我的話趙平自然是聽不進的，我只有儘量安慰若萍姐，阿平只是愛玩而已，人不壞，也聰明，將來會有出息的。其實我內心就是這樣認定，等長大了，憑他的本事，若萍姐一家的生活一定可以改觀。至少，我不希望她一直住在這不見天日，潮濕陰暗的「窯洞」裏，這太委曲她了。

但是，人間總有太多不能如意的事，對若萍姐來說，似乎註定了掙脫不開那埋葬她青春歲月的黑暗世界。

在一個蟬鳴如嘶的炎夏午後，村子裏發生了一件大事，許多老一輩的人至今都還記得。我無意誇大我的悲傷，但當趙平的屍體用白布蓋住，露出一雙浮腫的腳，停放在石頭纍纍的河畔時，我差點昏厥過去，只覺有一陣極強烈的哀慟壓迫著，讓我張大了嘴巴，久久說不出話來。

趙義則一身水淋淋的趴在那象徵死亡的白布上嚶嚶抽泣，對他來說，這條命是哥哥救的，而哥哥為什麼會死呢？幾個一起在河邊游泳的小孩都驚惶未定地呆立在一旁。管區警察跟大人們紛紛聚攏在四周議論這一宗游水沒頂的事件。

無言的太陽很毒辣地照著河堤，蟬聲也是喧天價響，彷彿要把這一季夏日的天空給叫破似的。

若萍姐是一路哭著邊跑邊爬來的。她的眼神茫然空洞得令人害怕，我不停地扶起她，手心沾染了她膝蓋上滲出來的血絲。她口裏嚅嚅動著，但是沒有聲音，一臉肅穆地凝視著河堤的方向，似乎要用盡全身的力量，趕去見趙平一面，讓弟弟知道：姐姐來了——她的馬尾辮在一路狂奔中不知怎的鬆落掉，我看到若萍姐披散著長髮，黑溜黑溜的髮絲在風中飄飄揚起，第一次，在陽光下看到她留著長髮，也是第一次，我驚覺長髮的她竟是如此的美麗。

後來，我記得，當她的嬸嬸和我陪她走回家時，在門口，看著若萍姐瘦弱的身影，一步一步地消失在不見天日陰暗潮濕的甬道裏，我忽然很擔心，怕她這樣走進去就再也走不出來了……

午後

那位計程車司機熱心、殷勤的臉顏，我至今仍記得。但是，那卻也是我對人性感到失望的一次不愉快經驗。

港都，三月。我從金馬賓館出來，緊握報到單的手微微沁出汗。悶熱得像一具烤爐的南方城市，和我準備要坐船到金門服役的低落心情，恰成一強烈對比。我想到早上在承德路搭九點的野雞車自臺北南下時，臺北正下著紛紛細雨呢！就像和H無奈地道別時，她清麗的臉龐上欲哭的黯然。隨著窗外飛馳而過的城鎮原野，溫度逐漸地上升。望著嘉南平原一片無垠的金黃稻浪，我意識到臺北正離我遠去。我把野戰夾克脫下，思緒開始漫無著落地呈現一片混亂。

「早點回來。」Ｈ滿眼含淚地對我說，幽咽的語氣蘊含了太多的委屈與哀戚。我萬般不捨地登上車，車潮洶湧的承德路，她揮手的姿勢如垂死的掙扎，無力又脆弱。我不禁舉起右手悲憤地擊打著Ｈ費心打理的行李背包。能怪誰呢？只怨自己運氣不佳，抽到外島籤，一年半的役期，將我們熾烈的戀情冷酷地攔腰斬斷！一張三百五十元的車票，輕易地扮演了分離的劊子手。

才下車，一群計程車司機便簇擁上來。

「軍官，去那裏？」殷勤地詢問充滿熱情。最後，我坐進一輛菊紅色的計程車內。

「少尉仔，放假哦？」那位司機道地的本省口音，有著南方人的熱情，一臉關切地問道。

「不是，去報到。」我有點厭惡他那假惺惺的職業化嘴臉。

「要放冷氣嗎？天氣有夠熱！」

「隨便。」

懷著濃重的離愁，我遞給聯絡官報到單，不料他竟面無表情地在背後砰砰蓋上兩個章，然後對我說：

「明天下午三點半再來報到！」

我忘了怎麼將背包上肩的，只覺得拿報到單的手微微顫抖，且沁出汗來。走出金馬賓館走廊，陽光灑得我滿頭滿臉，我興奮地朝著對面街道大喊：

「計程車！」

我簡直有些心慌，掛在H那眼睫下的淚珠又在我腦海浮現。

「吔？少尉仔，怎麼那麼快？」

又是那個司機，探出頭來大聲地回應，臉上突然爆出嚼吐檳榔汁的笑容。

「明天啦，快，我要趕回臺北！」

司機言聽計從地加速。

「又要返臺北？不會累哦！留在高雄住一夜，我可以載你去卡好迌迌的所在，包你滿意的！」

我看了看他被後視鏡遮去一半的臉，雖然還是那副惹人厭的嘴臉，但我當時只覺他的笑臉完全是善意與親切。

「不了，我只想趕緊上臺北。對了，那裏可搭野雞車？」

「哦，我知，我送你去！」司機面露喜色，音調也不禁高昂了幾度。

「多少錢一張票？」

「四百塊呀！攏嘛這種行情！」

「什麼？沒那麼貴啦！我早上從臺北來才三百五，怎麼變四百！」

「三百五？」司機遲疑了幾秒鐘，立刻見風轉舵地說：「好啦！三百五，我替你去買！本來是四百，不過有一家我熟識，常載客去，既然你坐我的車，我負責去講，憑我的交情，三百五一定沒問題啦！」

司機拍拍胸脯，胸有成竹地指指前頭停車。一分鐘後，他遞給我一張車票，因跑步而微微泛紅的臉，讓我心生一股感激而多給了他二十元小費。

「謝謝呀！」

司機幫我把背包提下後，呼嘯一聲疾駛而去。我想到可以給H一個驚喜，內心焦急如焚，恨不能立刻插翅飛回臺北，那美麗的城市。

上車坐下，有人兜售便當，鄰座的一個海軍士官正靜靜地用餐，我才發覺自己肚子咕咕叫，連忙也掏錢準備向小販招手，忽然心生一念，我轉頭問道：

「到臺北一張票是多少？」

「都一樣呀，三百塊。」海軍士官用猜疑的眼光瞥我一眼。

我掏錢的手突然僵止不動。窗外三月的港都，如烤爐般炙人的午後烈陽正肆虐地照射在行人稀少的路面上。

《卷二》

舊時月色

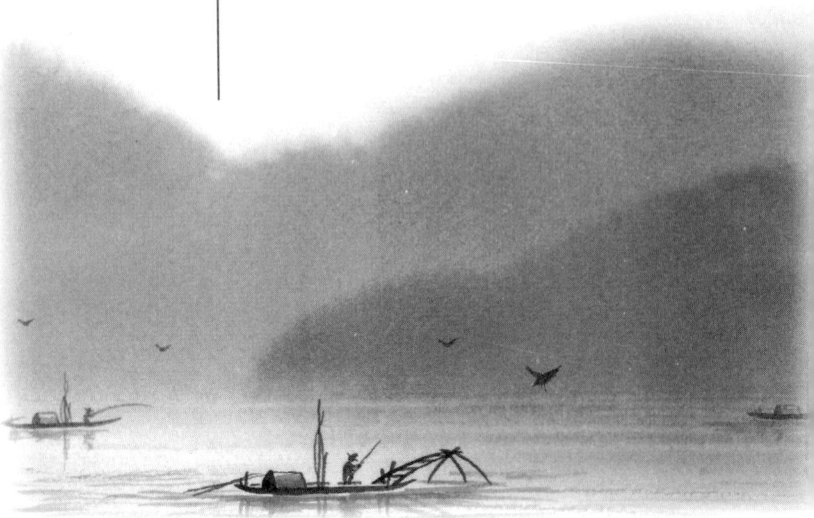

校園裏的椰子樹

我清楚知道，在我的文學生涯裏、生命旅程中，曾經有過的「原鄉」已然失去，而新的原鄉正待追尋。

讀大學以前，我在中壢這個已經逐漸繁榮的城市中度過青澀的歲月。一年中總有幾次吧，我們全家會搭火車南下湖口，再轉車到圓山仔——我父親口中的「老家」。祖父母以及眾多堂兄弟、表姐妹的四合院古厝裏，充滿著客家莊的濃郁鄉情，菜田果園，稻香小徑，對城市中成長的我而言，固有極新鮮的吸引力，也恍若有歸回原鄉的自然喜悅。然而，也僅只一、二天而已，一旦火車將我帶回中壢，那種感覺便又會在另一種都市的情調中逐日隱退。

在中壢住了十幾年，算是最有感情的「故鄉」了。讀書升學的日子，卻又使自己對所置身的鄉土少有所感，一切的變化在書堆覆蓋下似乎顯得並不重要了，回湖口的次數愈來愈少，直到有一天，母親告訴我，祖厝已被徵收為國小用地，四合院已拆毀，族人也都已四散時，我依然不能理解父母親深痛的慨喟，只是模糊感到失去一個好玩地方的微微傷感而已。

不久，我北上進師大唸書，文學的大啟蒙真正開始。師友間的熱烈論辯，寢室中通宵夜讀，流連在圖書館的層層書架間，閱讀的樂趣使我有如一個狩獵的冒險家，逐漸養成了靈敏的嗅覺與迅捷的身手。尤其是現代文學的花園，最讓我悠遊其中，迷途而不知返。《三三集刊》、志文《新潮文庫》、遠景《鄉土文學叢書》等，無一不是我在孤獨時傾心對話的知交。

大三的一個夏夜，我在校園中散步，浴著天上一輪明月灑下的暈黃月光，不經意間抬頭，看到阿勃勒金黃的花穗垂掛在漫漫迎人的晚風裏，稀疏的月光在花葉隙縫中點點舞動，那一瞬間，我的創作欲念被伏擊似的撩起了，諸多往事記憶如潮紛湧。趕緊跑回宿舍，拿了紙筆，我想找個地方將自己多年來蓄積的情緒好好宣洩，把那一刻的感動用文字留住。然而，我一下子又怔住了，不知道那裏有這麼一個安靜的所在？站在宿舍門口，我仰頭望見黑夜裏亮著燈火的圖書館，想起我經常在三樓最裏面的長桌上翻閱資料，而那裏通常一般人很少逗留，於是，我找到了一個當時讓我文思泉湧、此後又使我消磨許多時光、至今仍會想起的地方。

冷僻的參考書籍在我兩側，師大圖書館古老的歐式建築寬敞，白色的牆壁偶見脫落的痕跡，歷史的腳步在此烙印了斑斑的過往，書架上隱隱淡淡的書味，大吊扇嗡嗡地旋轉。人聲悄悄，獨我一人。我在長桌前思索，寫稿，一抬頭，迎我的是一扇大窗，窗外是光影交錯的模糊夜景，有筆直的椰子樹，還有一個邈遠的月亮。那個晚上，我開始寫了生平的第一篇小說。

一直到大學畢業，那扇大窗前的長桌，是我遠離紛擾、沉思默想的「聖地」。我的第一本書中的大部分作品都是在那裏完成的。只要坐在那裏，就覺得心靈澄淨得如一輪明月。陽光滿溢的白天，一束束亮光折射進來，明晃晃的世界，讓人總不禁地生出一股大志，想成就一番大事，而那時的想法，文學寫作是唯一理直氣壯的大事業。

一開始寫的是小說，小說中呈現的是我如歌情懷的青春歲月，校園生活的點滴回憶，日後出版時的書名正是《青青校樹》。從那時起，我一直都沒有離開過校園，也始終深深眷戀單純而美好的校園生活。畢業後到國中實習一年，服役時擔任教官，退伍後繼續讀研究所，攻讀博士期間，則在幾所大學兼課。我一直很清楚，雖然我的正式工作是在報紙傳媒，但校園才是我心中恆久繫念情牽的「原鄉」。

許多年來，也出了幾本書，散文集中的篇章處處可見校園的姿影，一些研究論述自然也是校園書海中挑燈奮筆的成果。只不過，創作日少，論述漸多了。

我當然很懷念那扇大窗，那張長桌，那棵椰子樹，那段創作筆耕的日子。幾次車經師大，都有一股進去看看的衝動，但始終錯過。生活的忙碌，使自己逐漸如陀螺般轉個不停時，一些周遭重要的變化一如當年準備應試時的被忽略了。有一天，我才偶然驚見簇新而高聳的新圖書館建好了，而新館對面那座古老的圖書館也終於被拆掉，原址蓋成一座全新的教育大樓。唯一殘存的，是充滿歐式風味的拱門圓柱。我有時坐在全新的圖書館的臺階上，望著那道歷盡滄桑的拱門，就覺得生命中失去了一部分極為美好的回憶。

師大新圖書館落成的那一年，我的祖母過世。請了兩天假，我回到湖口大伯家。做完法事的那個晚上，堂兄弟們帶我去看看從前的「老家」。

沿著國小圍牆慢慢地走，一輪明月在頭頂上陪著。他們說，整個操場都是我們家的，不信你看，操場中央那棵高高的椰子樹就是我們的！我彷彿看見了兒時穿梭在蓮霧、香蕉、龍眼、芭樂、椰子樹下的情景，我和我的族人嬉笑、追逐，在那一大片的鄉野之間。而如今，卻僅剩一棵孤獨的椰子樹聯繫著我和我族人的記憶，我不由得感傷了起來，覺得許多美好的事物，到最後也只能在夢裏追尋。

校園裏的椰子樹，牽扯著我的生命原鄉——湖口老家，也見證著我的文學原鄉——師大舊圖書館。而這些都已逝去。新的原鄉當然在隱隱成形，雖然我不知道會在那裏落腳，但是一定在校園。校園中一定有圖書館，也會有椰子樹，我會在有月亮的晚上走過，思索我的下一本書，下一步的人生。

父親的一掌

這是多年前遙遠的童年往事，但也是清晰如在眼前的溫暖記憶。

那時我五歲，家住臺東。

由於父親並未在分家時向祖母要一分錢，所以，當他帶著媽媽、哥哥和我到臺東打天下時，身上便只帶著少許平常辛苦積攢下來的錢。當警察的父親，每月的薪水少得可憐，加上哥哥和我兩張填不完的嘴，度日可說是艱難極了。棲身的小房子也是向大叔公租賃的。

然而，少不更事的我，那知父母每天為了三餐奔波的勞累呢？經常為了丁點細故便哭鬧不休，惹得大人們心煩氣惱。有時把父親惹火了，一巴掌就往臉上橫劈過來！一向倔強的我，每次挨了打，便頓時沒輒得噤若寒蟬，連氣也不敢亂哼一聲，只能眼淚嘩啦啦爬滿一臉，滴滴流過紅腫的臉頰。直到母親抱著我，輕拍我背時，才敢漸漸放聲大哭起來。這當口，我總會聽到母親的埋怨：

「落手這麼重幹嘛！要打死他是不？才不過這麼點大的孩子而已！」

其實，現在想想，父親那時也是個三十出頭、年輕氣盛的小伙子呀！被母親一說，便會有些靦腆不忍地低下頭，看著自己的大手掌，再看看我，好似後悔下手的力道太重。只是，下回我又無理取鬧時，年輕的父親仍會被我激怒得又用狠狠的巴掌處罰我。

直到有一次，父親在打過我一巴掌後，從此，再也沒有挨過父親一掌。

那是個夏日傍晚，日頭火熱的餘威猶存，圓紅的一個剪影天邊大剌剌地貼掛著。忙碌的父親正揮汗修理著因午後雷雨受損的屋頂，母親則到市街去買東西。我一個人在門前空地上玩耍，正百般無聊時，隔壁叔公的孫女秀秀，兩手拿著一隻烤熟的雞腿，正津津有味地啃著走過來。她和我一般年紀，只是膽子小又愛哭，於是，自我搬來後，她就沒一天好日子過，每次不是故意捉弄她，便是嚇唬她。為此，父親不知向叔公賠過多少次罪，我也因此吃了不少苦頭。

也不知是什麼心理作祟，我趁她不留神，一把就將雞腿給搶了過來！不消說，當我得意洋洋地高舉雞腿炫耀時，她便驚天動地哭起來。我見她哭，無名火一起，便乾脆順手將雞腿往地上一扔，蠻橫無理得像個兇神惡煞——對她而言。

誰料到這一幕很不巧的竟全讓在屋頂上的父親瞧見了！他怒罵一聲：「死小猴仔！」我尚未抬起頭來，他已如旋風般跳下來，用力緊緊抓起我的手臂，然後，火辣辣的一巴掌挾雷帶電般掃了過來——清脆刺耳的響聲震懾住正嚎啕大哭的秀秀，聞聲而出的叔公，還有手上拎著雞貨的母親。

我被突然而至的掌風震得連連後退，一個沒站穩便一頭栽倒在地，嘴角恰巧碰撞到地上三腳小板凳的尖銳稜角，門牙斷裂並不斷滲出的血絲，使我撫著臉，忘記了疼痛，只愣愣地看著怒氣沖沖的父親。

大家都呆站在一旁，秀秀也不哭了。

叔公趕緊扶起我，責備父親道：「打孩子也不是這樣打法呀！」一臉尷尬地拉著秀秀進屋去。

院中只剩三條人影，靜靜地被夕陽拉得長長地。

母親面無表情走過來，冷冷地丟下一句：「打死他好了。」然後，用衣角替我輕輕擦拭嘴角的血跡。我的雙眼開始模糊，母親慈祥的眼睛也濕潤地用力眨著。我看到天邊燎燒著的大火輪倏地被黑暗吞噬。四周暗了下來。然而，我依稀可感覺到父親的心，也一如我受傷的嘴角正一滴滴地滲出血來。

「我以後絕不會再打他了。」

夏天的臨夜，風一陣一陣地吹著，把父親低喃的一句話吹散了，吹入了母親與我的心中。

一直到今天，父親真的始終遵守著那個夏日傍晚的一句諾言。

今年的除夕，我們一家團聚，吃著豐盛的年夜飯，喝幾杯小酒，聽母親談起那日的情景，大家都笑得好開心，好開心，尤其是髮鬢漸白的父親。

漫畫破壞家

事情是這樣子的：

有一天，張家村突然颱風來襲，閃電雷雨漫天而下，不一會功夫，整個村莊就浸淹在大水裏。院子裏的樹木被強風颳倒，籬笆傾塌，雞鴨四處奔竄，眼看洪水就要從門、窗縫隙沖流進來。忽然，三個英雄人物出現了，那就是鼎鼎大名的張家三兄弟：老大是充滿智慧的阿善師，白髮蒼蒼，道行高深，一隻手總是摸著自己長長的鬍子；老二張四郎，手持一柄閃閃發光的寶劍，一臉正氣凜然；老三則是詼諧的配角大番薯，頭頂三根毛，人笨又矮肥，手上戴著勞力士名錶。一大堆不知名的人在旁大喊救命，氣氛緊張刺激，大家都把希望寄託在這三人身上。

阿善師在踱完三下方步後，頭上突然出現一個五燭光燈泡，原來是想出了解圍的妙計，只見他很慎重地向大家宣佈：水快淹進來，再不設法，大家都會沒命，眼前只有一計，就是大家要同心協力，一根筷子很快就折斷，一把筷子就不易折斷，請大家把屋內所有的桌椅都搬出來，由四郎用削鐵如泥的寶劍劈砍成一片片，大家再用鐵鎚、釘子將所有的縫隙釘死，這樣水就進不來了！由於情勢緊迫，大番薯負責計時，三分鐘內一定要完成！於是，二分五十九秒、五十八秒，七手八腳，一片忙亂，四郎快劍劈桌椅，阿善師手摸鬍子在一旁精神喊話……結果，當整個村莊都泡在水底時，只有一棟房子毫髮無損地立在魚蝦群中，裏面的人擁抱在一起，慶幸死裏逃生，大功告成……

事情當然不是這樣的。

這只是我小學三年級時，利用一本父親計帳的空白收支簿冊，在上頭所繪的連環漫畫中的情節。葉宏甲的諸葛四郎、電視劇的阿善師、王澤《老夫子》中的大番薯，都「因緣際會」地湊在一起了。我至今依然記得，那個故事的題目叫「張四郎智勇退大水」，還有，當我偷偷遞給美麗的副班長看時，她清純眼睛中閃過的一絲光采。

我開始夢想成為一名漫畫家，那幾乎是我小學時期最熱中的一件事。家中三兄弟，也屬我最有繪畫天分。我每天固守在傍晚的電視機前，盯著看摩登原始人、頑皮豹、糊塗大偵探，所有的卡通都看，而且還拿出紙、筆，邊看邊畫下我覺得生動的表情或景物。電視畫面瞬間即逝，但我幾乎可以立刻畫出來。也開始流連在漫畫出租店，貪婪而瘋狂地一家看完換一家。覺得終有一天，我可以畫出讓所有的人，特別是那位美麗的副班長愛不釋手的漫畫來。

我利用計帳的收支簿，創作漫畫，一本接一本，不少零用錢都花在購買畫筆與帳冊上，連雜貨店老闆都不解，何以一個小學生需要如此多的帳冊。臨摹一切我覺得精彩的漫畫人物，設計自認為可讀性高的故事，有時偵探警匪，有時校園趣事，有時棒球比賽，有時恐怖吸血鬼。而那時，也的確有一群死黨會傳看我的漫畫，嘻鬧一番，提供點子。功課並不出色的我，面對成績總是名列前茅的副班長，可是一點也不感到自卑。

天才漫畫家後來是如何夭折的呢？小學五年級時，陪母親到經營漫畫出租店的舅舅家玩，在如入寶山的雀躍下，拼命翻看，見到擊節歎賞的畫面竟忍不住偷撕下來，藏在卡其褲袋裏。整個下午，愈撕愈多，渾然不覺中，口袋就鼓了起來，心想回家後可以好好臨摹。誰知晚上聚餐時，母親見我「衣衫不整」，替我整理，無意中卻翻出來幾張撕下的漫畫，頓時，母親驚愕、舅舅一家人尷尬的眼光全如利箭般射向我。更多的書頁被一張張搜出，攤在飯桌上。那一刻，我成了漫畫書的劊子手，沒當成漫畫家，卻已蒙上了「漫畫破壞家」的惡名。

那種窘困、悔恨、痛苦，我至今仍清晰在心。當淚水滴落在皺亂而破損的漫畫書頁上，我知道自己的天才漫畫家夢，也隨著被撕毀，再也拼湊不起來了。因此，那個張家村三兄弟的英勇故事，遂成為我童年諸多夢想中，最不堪的一頁記憶。

日光風景

陽光，總是眷顧迎向陽光的人。

對我來說，夏日的陽光，充滿了許許多多屬於自己成長的傳奇。不管時光如何無情的推移，人事如何滄海桑田般的變化，我曾在夏日陽光下所譜寫過的故事，總是黃金般的閃著光，讓我在每年七月，就會不自禁地想起過去生命轉折的種種，快樂的，悲傷的，遺忘的，遠方的。每當日光刺眼，空氣中混合著鳳凰花、汗水，以及路面上蒸騰的柏油氣味時，曾經在七月陽光下走過的悲歡離合，便會幻化成一幕幕電影，自我腦海中慢慢地上演，黑白的，彩色的，跳接的，慢動作的，自己的，別人的，無聲的，甜美的……

記不清白花花的陽光是怎樣毒辣地當頭罩下，只依稀聽聞那個埋頭苦讀的長夏，窗外大榕樹上金急如雨的一片蟬鳴。

也是一個沒有涼風的炎夏午後，在馳往南方的快速列車裏，一路跋山涉水的轟隆聲響將我帶到神往已久的成功嶺上，接受六週槍炮與風雨洗禮的磨鍊。猶鮮明記得當時在車上那份面對未知的忐忑不安，但放眼窗外迎面而來的天空原野，正毫不吝惜地灑下滿天的金光璀璨，細細碎碎地耀入每一顆年輕的心中，似昂揚激越的掌聲不絕。

於是，想起那個流傳在嶺上的動人傳說：搖搖欲墜的醉鳩，歷經重重的考驗，終於蛻化如火浴的鳳凰，搏扶搖而直上九萬里青天，其翼若垂天之雲。年輕的我，不禁要為這擎天鳩的故事心折且自許。在大度山的晨暉夕照裏，我志氣滿懷，將步槍與生活擦亮成七月的蔚藍。

嶺上的最後一夜，在「今宵多珍重」的歌聲裏，我告別那班患難與共的弟兄，下山。當凌晨四時返鄉的火車自臺中開往臺北時，我夏日的憧憬，便開始是迴盪在紅樓鐘聲裏，說不盡的流年心事了。

總想談一場轟轟烈烈的戀愛，在雨中、風中，在凝視的深情中，攜手共走長長的紅磚路。也曾在浪花驚拍的堤岸旁，佇立遙視悠悠的淡水河，欲學那白鷺沙鷗，以秋江點水之姿，喚醒雲霧迷濛中熟睡的觀音。至於那個遨遊書海、遍研古今天下學問的大夢，則隨著一天天增加的筆記，一次次燈下的苦讀，而日漸進展，成形。

然而，華年似水呀！四載星移，倏如流電驚。這一趟生命與學問的黃金旅程竟是如此短暫而不容稍待。況且，幾度尋夢中，霧失樓臺，月迷津渡，耗費了不少青春與力氣。在成長的生涯裏，終於讓我領略到一點人生無奈的悲涼，歲月的無情。

懷著這種心情，在陽光七月裏，收拾行李，揮別校園，前往分發的學校任職。走在沿海小鎮古老而斑駁的街道上，想著理想的即將落實，我又一次體嘗到日光灑落肩上的興奮與輕快。

聞名的蜿蜒海岸，細白綿長的沙灘，我在小鎮教了一年書。經常在孩子澄澈的大眼中，看到暖暖的目光，而教室外，陽光則奢侈地閃映在無垠的碧波萬頃上。然後，我再度進入學院，讀書且教書，直到拿到博士，找到落腳的所在。

離開海岸，置身都市，我的陽光都在校園裏，或者說，我只有在校園裏，才能真正享受到日光的熱度。結婚生子，購屋買車，生活的節奏平穩地如一溪清水，也像演戲，穿上不同的戲服，出場扮演另一種人生。有變與不變，有割捨，有收穫，有起伏，有憂歡。日光下，我看盡人世風景，也努力讓自己站成別人眼中的風景。

在金門太武山上，我清楚地看著草綠服上的汗水，集聚成一顆顆潔亮的鹽粒。陽光在我頭上，我在料羅灣的海岸邊，學會獨立、堅強與不斷前進。外雙溪的校園裏，我坐在行政大樓前的臺階上，翻閱資料，等待老師上課，後來，我又在那臺階上，與我的學生合拍畢業生活照。一屆屆的學生在夏天離開，在夏天長大，面對未來，迎向陽光。我和他們一起成長，一如我們共浴的日光山色。

濕潤的過去，在夏天，被日光烘乾了。從少年、青年到心情已近中年，有時給自己打氣，靠的是這些充滿陽光的記憶。成功嶺的大專集訓已成絕響，夏天趕考的大學聯招也終將成為歷史名詞，師大學生不再保障分發學校任教，金門開放觀光，金山日漸繁華，大學愈設愈多……有時候，不得不承認，這些記憶真的快成天方夜譚，因為它只屬於過去，只屬於自己。

還好，陽光還是會眷顧迎向陽光的人。每個人都有自己的日光風景，每個世代的人都會創造出獨特的回憶。對他們來說，只要流過汗水，踏實走過，每一步都會閃著黃金般的亮光。

而我，只要聽到蟬嘶，看到鳳凰花，聞到馬路上柏油被蒸融的氣味，我就會開始想起過去的青春往事，日光下的心情，自己的，別人的，無聲的，甜美的，蔚藍色的風景，像電影一樣，準時上演……

野薑花開

從宜蘭搭莒光號回臺北的途中，在福隆、瑞芳之間的沿線，連綿著蓮霧纍纍的果樹，很多熟透落了一地，看了很覺一種豐收的喜悅，雖然有點奢侈。我貪婪地倚窗瀏覽，一路風景飛逝。七月炎夏，大地正透出成熟的氣息，蜿蜒的河流中也不時可看到一些戲水的孩童，赤身浮沉其中，放情地享受著自然的洗禮。車過瑞芳，一簇雪白的野薑花突然閃入眼簾，令我一驚，不覺怔得出神，那種久違後的異地重逢，恍如隆隆的火車，馳入黝暗的隧道，匡啷匡啷地搖晃，而許多有關野薑花的記憶便一下都映在微亮的車窗玻璃上，成了一幅幅往事的版畫心影。

這些年來，看到的野薑花，都是被捆紮成束地放在水桶中販賣，野地裏的野薑花確實久久未見。有時從市場買回家插放，那香氣依然濃烈得要嗆鼻，但總覺缺乏土地、小溪的背景，花香裏像少了點什麼。也許是大自然的靈氣，也許是泥土的芳香，也許是曾經有過的記憶漸漸褪色了，激動的心情已不復往昔，因此，旅途中乍見一片綠野叢間的雪白時，就特別覺得興奮，像當年初次發現溪畔野薑花時一般，照眼新意，內心盈盈全是喜悅。

那是初次到沿海小鎮教書的夏天。手持報到單，走在老街上，經過廟口時，看到臺階前，一個老婦人手握一束束紮緊的野薑花在叫賣，橙色水桶中滿滿的像雪。廟口以鴨肉聞名的老店生意正旺，熾烈的嘈雜聲滾滾沸沸，但花的亮眼仍深深的吸引了我。

「少年仔，五塊啦，五塊就一捆，臺北賣十五塊呢！買一捆好嗎？很香咧！」

我很輕易便接受了這公道且美麗的交易。開學後，發現導師辦公室的桌上，經常會有學生主動送來一束束用報紙包著的野薑花。我每回接過，總不知該如何來表達那一份感動的心意。你根本無法拒絕一顆純摯無偽的童心，他們認為這是天經地義的。這些鄉下的孩子，幾乎從小便在野薑花的芳香裏長大，或許，這也是他們會擁有美好、純真心靈的一個原因吧！

我想起了班上一個住在三界山上的學生，因為家計與個性不喜唸書而休學，他有張樸實的方臉，和一雙頗靈澈的大眼，但是現實的環境使他離開了校園，回到礦坑的煤灰陰影中。最後一次的週記上，他幽幽地寫著：

「老師，以後經過學校，還可不可以進來看你？可不可以再帶野薑花給你？」

那怵目的問號，曾使我自責了很長一段時日，甚至流下淚來。

我也想起了當時賃屋同住的蕭君。好幾回，一起拿著鐮刀、美工刀，騎機車過溪上山，尋找野薑花美麗的蹤跡，最後總是捧著一大把的歡笑而歸。用清水滌淨，花瓶、寶特瓶，插得一屋子馥郁騰騰，花香日日，使我們教學實習的生涯滿滿的都是欣悅。

那真是一段如歌的歲月，驀然回首，竟已是十幾年前的舊事了。有幾次開車經過金山小鎮，目光努力的搜尋，竟完全見不到一株野薑花。廟口的老婦人當然已經不在，那個愛花的孩子也不知是否健碩堅強，如他礦坑中的父親？而蕭君在教職異動後，也少有音信了。野薑花的香氣，在風中漸漸吹散，飄遠。

瑞芳已過。碧綠原野上的一簇雪白，還在我的心中。我靠著窗，慢慢回味那曾經熟悉的香氣。車窗上的倒影，我看到自己風霜的臉顏，有點滄桑的笑容。

蝶劫

靜靜的午後，陽光薄薄的灑下。

我如往常般倚立在窗口，閒看圍繞在這海鄉的遠山近溪，翠綠的稻苗猛躍地生長，偶而，幾隻亮白的鷺鷥悠悠飛過，替這寧謐的畫面添上幾分素麗流動的色彩。

俯視隔壁中藥店的後園，巧妙的庭院佈局及四季多類花木的參差繁茂，猜想主人定是位懂得生活情趣的人。紫藤架下魚池中的游魚翻騰，池畔水泥地上青松芳菊盆盆相間，透迤出一條適合漫步沉思的小徑。更有一些飛鳥彩蝶斂翮停枝，好聲相和，啁啾的啼聲，使人興起遼遠的遐思，讓人覺得這世界，這個安靜的午後世界，充滿了屬於自然的和諧、安詳，彷彿周遭的一切真可以令人完全放心。

一隻白色的粉蝶，翩翩飛舞於花叢間，上下輕揚的羽翼，使牠看起來無憂無慮，自在而快活。當牠沉醉於單純的愉悅，佇足在紅玫瑰豔麗的花蕾上時，我也不禁感染了那份閒適出塵的生命之美。

然而，生命竟是如此脆弱、無常，寧靜有時也不過是短暫幸福的假相，風暴來臨前的危機四伏。

兩隻麻雀破空而降，在小蝶猝不及防的情況下，淩厲疾啄向牠毫無反抗力的弱小身軀，麻雀強勁的翅膀奮力拍擊，蝶兒那兩瓣薄翼如何抵擋得住？只見片片碎裂的羽翼一如狂風急雨紛紛落下，垂死的掙扎不到五秒鐘便嘎然停止。爭先恐後地吞食完蝶兒的身軀，這兩隻「兇手」迅即拍翅而去，逃離命案現場，只留下幾片殘缺的蝶翼陳放在豔紅如血的玫瑰上。

我還不及回過神來，一個小生命已由無憂飛揚墜入無底深淵。世界又恢復了原本的寧謐。陽光依舊薄薄地灑在這個美麗動人的庭園。風雅的主人不久也將如往常般，在黃昏午後漫步於花香鳥語的小徑上。

不過，成為蝶劫目擊者的我，卻不再有倚窗而立的心情了。

寂寞木棉道

不會忘記，一九八〇年初入大學殿堂的那個夏天，一路燃燒的木棉花，紅燦、耀眼，一如我充滿無限憧憬的年輕前景。羅斯福路上，樹樹火紅下，我抬頭仰望，看托缽的花瓣朝向無盡的天空，正怔怔入神時，一朵豔紅倏如流星般墜落在紅磚道上，發出輕脆的響聲，掙扎的手勢，是那麼不甘，而且壯烈。

我憐惜地拾了幾朵，捧在掌心，細細端詳那份殘缺、清冷、黯淡，以及寂寞。整座城市在火毒的陽光裏焚燒著，騰騰的熱氣正痲痺著人們的神經，沒有人注意到一朵花無言的飄落。然而，在那個赤炎的初夏，我卻感到了一股暗暗的冷意。突然間，很多的記憶就回來了，快樂與哀愁，繽紛與孤寂，以及在手中流失的青春過往。長長的木棉道，有風有雨的日子，恍然如一場夢，我在夢中行走，手中緊抓著離枝的木棉花，花瓣一片片剝落，而我的眼淚也一滴滴啪啪掉在地上。

那年的夏天，大一，遠得像夢，長得像那條燃燒的街道。二十年歲月如流，果然也只是眉睫一眨。

一九九九年二月，寒流來襲的冷冬，我走過羅斯福路，為著大學學科能力測驗的閱卷工作。道路兩旁的木棉蟄伏未發，臺大校園裏幾株迫不及待的杜鵑已然綻放，農藝系館前的兩株櫻花也粉紅點點，透露出早春的訊息。手中一張張試卷翻過，我知道，那是一個個年輕夢想的追求，一如當年的我。只是，不知道在下一個木棉花如火燃燒的夏天，是否還會有人在樹下癡望，然後拾起，落淚，一如當年的我？

當時年少青衫薄，無限心事，隔了二十年，今日尋思，彷彿真的也只剩下那一路木棉的記憶。
　當然，還有寂寞，回不來的青春。

藍色記憶

金山有山，金山也有海。山居的記憶，其實也是看海的記憶。

每日推窗，稍稍墊起腳跟，向遠處望去，總能看到那一方蔚藍的海峽。晨起迷濛的睡眼，突然觸擊到一整片躍動的色彩，內心的震撼與舒暢，彷彿便已揭示了一天不平凡的開始。我喜歡這種被海擁抱的感覺，在冬天是溫暖，在夏天則是清涼。

每一年的夏天，這條被稱為「北海岸」的公路，常常吸引了大批外地的遊客，堵塞的車潮，正說明了他們內心屬於城市的孤寂。似乎，只有把傷痕纍纍的心情交給海，才能撫平一些日子以來的焦慮與不平衡，也只有把一身煙火塵味的軀體徜徉在山水間時，才會覺得找回了曾經失落的自己。也因此，這片海，長久以來被許多人有規律地嚮往著，膜拜著。但是，我多麼幸運，除此之外，對這片海，我還有一種外地人所不能體會的依戀情懷，這種情懷，來自於我不是觀海驚喜的過客，也不是擦肩而過的陌路人，而是一個一年四季擁有海、享受海的快樂在地人。

在金山教書的那一年，我住的地方離海不遠，四樓的陽臺，成了極佳的「觀海亭」。十多年前的小鎮，不像今天的開發密度，前面是一片低矮的市場，再過去也沒有大樓阻擋視線。泡杯茶，坐在籐椅上，海，就在我家院子裏。閉上眼睛，也能感受出她起伏的呼吸與低切的喁語。心情好時，我會輕彈吉他，對海唱歌，讓她分享我的喜悅；傷心時，一個人靜靜地凝望，不必言語，許多的落寞也總會被那無垠的藍色包容掉。她咀嚼我的痛苦，不分晝夜，從不拒絕，而且最後還將滿心的祝福與慰藉，孕化成聲聲的海潮音，輕輕告訴我。

夜深人靜時，我讀書，冥想，思索人間的悲歡離合，料理自己的喜怒哀樂。如果是晴天，我會看見一幅金閃的星圖，壯闊華麗；如果是雨天，我會聽到一首沒有章節，卻自成韻律的海之交響曲。不必擔心有人會搶走她，也不必擔心有一天她會失去對我的忠誠。只要願意聆聽，一打開那扇窗，海，美麗的海，就可以不費分文地屬於我。

這裏的海岸多雨。我曾到落雨的磺港坐過，看漁人們賣力地從船艙中拉出一筐筐的海魚，婦女及孩子們，立在潮濕的碼頭，辛勤地把各式魚類分開，丟入冰櫃。也看老人們抽著紙煙，專注地補網，裝上釣餌。磺港，以海維生的小漁村，對這裏的人們來說，海的存在是一切希望的來源，也是一切記憶的起初。和他們相比，我成了外地人，但是，海沒有吝嗇過對我源源的付出，一如對這群討海的子民。

現在，我離開了那片海。十多年了，我只有零星回去幾次，市場周邊的大樓蓋起來了，二十四小時亮著招牌的超商也有好幾家，人車愈來愈多，小鎮正進行著脫胎換骨的改變。我已經找不到住過的地方，走過的足跡也淹沒在嶄新的市容中。小鎮在變，我也成了過路的陌生人。

唯一沒變的，還是那片海，那片藍得可以包容一切的海。雖然我是壅塞車陣中的都市人，但是，不管在獅子山頂，金山活動中心的海灘前，還是金山國中校門口的階梯上，道路寬廣的磺港岸邊，只要一點點的藍色進入我的眼簾，便會像水滴在宣紙上一般，迅速暈染開來，最後成為一整片藍色包圍住我，佔據我的心靈。

落雨的金山，日光靜好的北海岸，藍色，是永遠不變的背景，也是我不曾消失的記憶。

荷花會

六月，是荷花的季節。

如同翻開一頁古書，那曲折的傳奇隱隱牽動了我日漸乾涸的心田，於是，將單車一推，出門去。自己也說不清為那般，此刻，我只想去植物園看荷花。

美麗的拜訪是在炎炎的夏日午後。天有點陰沉，雲層漸積漸厚，是常見雷雨前的風起雲湧。和平西路人潮水般流動，我是長川中不起眼的流沙。他們都是忙碌的，有著許許多多偉大的事業在開創，在發展，但我只是懷抱一份虔誠，愛賞荷花的男子，為著趕赴一場午後的約會，用力地踩，用力地踩，衣裾飄飄，踩過長長的木棉道，一格格的紅磚路，為的只是呀，看荷花。

單車停靠在路邊的小樹旁，許多賞荷人已沾滿一身淡潔的芳香欣悅地走出，我不禁有些膽怯起來，像面對貴族的饗宴，有種手足無措的羞慚。穿過歷史博物館古老的殷商山水，旋轉門嗶的一聲響，將我轉入一片亮麗的綠色畫卷裏。朵朵綠雲挨擠成一片屬於古典詩的天空。塘岸垂柳，涼亭小徑，放眼望去，有情天地盡是有情人。

一對對攜手漫步、喁喁私語的愛侶，使池畔的傳奇憑添幾分唯美的浪漫；石凳上髮白的老者，輕搖葡葵扇，笑瞇瞇地看著膝前的孫女朝他揮舞軟胖的小手。荷花不甘寂寞地前仰後翻，漾起水波紋紋，丰姿綽約的舞姿下，是一塘熱鬧的繽紛，粉紅雪白參差其中，密密的相思。想起寺中的老師父，釋迦佛前微笑地指導我頂禮膜拜的手法，將手腕輕輕一迴，他說：「就像荷花自然綻開一樣。」是的，像荷花一樣，給大千紅塵塗抹上安詳、清淨、無爭的色調。好久沒這樣平靜地凝視著，莊周說：「魚相忘於江湖」，我則與花相視而笑，想來境界是低了一層。

有人架起昂貴的相機，等待捕捉美麗的剎那，調光圈快門時，不斷地指揮附近無事的小孩幫忙向荷傘潑水，水珠灑落在托缽般的葉面上，映著斜照的餘暉，迸散成閃閃燦眼的金光。有些水珠順勢滴溜溜地滑來滑去，很是俏皮，風一吹，掀了葉，鑽入池中，瀟灑的殞落。

不是嗎？像翻開塵封已久的文章典籍，多少人世風景照眼全是新意，一齣齣楚楚動人的傳奇，正在我的眼前扮演上場呢！這個寧謐的午後，來到植物園，心情恍如回到古老的中國，《聊齋》裏鬼狐魅人的富麗，荷花三娘子嫣然回眸一笑，我沉迷在古典深遠的奇異裏。

風還是熏人欲醉，荷花的開落依舊寂然無聲，紅日西沉，水銀燈一盞盞地亮了。我起身走向停放單車處，像《儒林外史》裏愛畫荷花的王冕，縱使心中盈滿美的激動，亦得找回那湖畔兀自吃草的牛兒，牽著牠回家呀！

秋興

最近讀曲，見馬致遠〈秋思〉中有句：

愛秋來那些
和露摘黃花
帶霜烹紫蟹
煮酒燒紅葉

唸著便極心喜，覺得秋天能如此，才不辜負。但是，對生活在都市的人，能這樣領受秋天的滋味，只怕難有幾人。像我，雖在元曲中品賞了秋天，卻在現實中愈來愈不能感應秋天的到來，若不是連日霪雨不斷，加上中秋禮品的廣告密集地在媒體上出現，我真覺得，這一季秋將會在不知不覺間與我擦肩而過。

沒有黃花、紫蟹、紅葉，我忖度著該如何來體味秋的風情，於是，我去植物園賞荷，希望自己塵埃滿佈的心，能藉此獲得一番清新的洗滌。然而，畢竟時序已迭替，夏日陽光下千百張荷葉擎舉的盛況已不再，瑩白紫紅的鷺鷥在雨水的沖刷下已脂粉盡褪，留得一片枯荷聽雨聲的蕭蕩。瑟瑟秋風吹來，一股涼意便在不經意間襲上了心。看來，馬致遠的熱鬧之秋，還是只能在吟詠中想像了。

記得戍守外島第一年的秋天，每夜站衛哨時，若見月亮升上木麻黃的頂梢，年輕多感的心就會覺得天地間無限的悲涼。有時在營區內的小塘畔，凝視含苞欲綻的睡蓮花，油然而生的仍是千里之遙的思念。秋天的心，好似流浪的心。秋天的感覺，最後變成了碉堡內痛飲高粱後的似夢如幻，欲醉還醒。

怎能明白，馬致遠的秋天可以過得如此揮霍，如此瀟脫？當時的我，吟唸較多的是歐陽修的〈秋聲賦〉：「其為聲也，淒淒切切，呼號奮發……草木無情，有時飄零……」景為心境，這草木無情，有時飄零的了悟，也是這些年才稍稍懂得。從金門營區寂寥的小塘，到被車水馬龍圍繞的植物園，一池秋風裏的孤梗殘荷，看來都是相似的情境。

稀少的行人，寂寞的午後，雨水叮叮咚咚地敲打荷葉，水面上一圈圈迴盪的漣漪，或許是荷花一層層的心事吧？不久前，這裏還是遊人如織，風光盈盈，豈料一朝紅顏忽老，驚喜的讚歎與熱情的投注一忽兒也都隨風逝去，「美人自古如名將，不許人間見白頭。」其實，美人如此，遲暮的荷花又何嘗不然？

這樣的心情想來是有點低落與無奈了，對時間，對人間，對大自然不可知的力量。然而，馬致遠卻又能看到秋天的生機勃發，更清楚地說，他卻能讓自己的秋天過得如此生趣盎然，是他的心境使然吧。內在的心境是可以使外在的景境也翻轉過來的。就像從植物園回來後，看到陽臺上那株桂花冒出小小的花苞，在微雨中懷藏著馥郁馨香，小心翼翼地想衝破潺潺的雨幕，靠近聞著微弱的香氣，肅殺的秋寒裏，我看到強韌的生命力正在抵禦著吹拂不止的秋風。這只是一株小小的花苞，但站在陽臺上，我好似懂得了一些些馬致遠的快樂。

一樣的秋，殘荷與桂香如高山深谷般給了我兩種不同的觸發。也許，我該把枯荷的心事還給那一池靜水，至於馬致遠的秋思，則只能心嚮往之，因為沒有黃花、紫蟹、紅葉。在這秋聲一片的雨夜，我只能擁有一株小小的桂花，一點點快樂。

幸而有這株桂花，秋天並沒有與我擦肩而過。我沒有失去整個秋天。

山居

至今，我仍時常想起在金山教書那一年，日日與山相伴，與海對話的鄉居生活。尤其是沿著陽金公路兩旁，連綿的稻田，起伏的山丘，翠碧的森林，蜿蜒的小溪，處處有讓人流連忘返的美景。愈往山中走去，愈能感到天地間神秘的寧靜，實有種不可思議的力量。對一個困煩於塵世紛擾的人來說，能向山走去，走進山中，就會自然感受到性靈的清涼與心境的無限開闊。金山的鄉居歲月，常令我覺得人世難得的幸福，正在於那一整片望不盡的山青樹綠，不論什麼時候，只要我願意向山走去，我就可以輕易擁有一座山的千變風姿，聽見來自山林深處的無窮啟示。

都市人所渴求的寧靜與山居樂趣，我只要推開窗，可以在鳥鳴啁啾、水流潺潺中開始一天的光陰，也可以在蛙鳴花香、月影橫斜中入夢。我真是非常滿足於那種平凡無爭的簡單日子。

常常，在朦朧中，我被斷斷續續的鳴聲吵醒，推開窗子，蟬嘶已在林中熱鬧喧騰，宛如幾萬支風笛齊奏，讓人為之一振。忍不住披衣出門，是不由自主的選擇。那樣美好的夏日清晨，沒有人能拒絕那誘人的邀請的。

走向山中。沿著礦溪行。放慢腳步，沒有過客的匆匆，只有膜拜的虔誠。《可蘭經》上說：「倘若你呼喚一座山，而山不來，你便應該向山走去。」向山走去的心情應該像是去見老朋友，不必擔心，他一定在那裏等著。我記得，初夏的山間，白色的野百合花處處可見，盛開的或含苞的，株株挺立在綠草間，是一支支的小喇叭，像要向這世界說什麼，也像是要為夏日協奏曲增添繽紛的音符。愈是崖壁峭岩，野百合愈是繁茂滋生，我們只能仰首遠觀，不能彎下腰去聽一聽她們的心曲，因為，她們的心事不是要囔給世上人聽的，自開自落，不管有沒有人欣賞，野百合花都是那麼悠閒自在，清雅高潔。

穿梭花叢間的彩蝶，則是一篇篇會飛的神話。陽明山系裏的蝴蝶之多、之美，是出了名的。那兩片薄翼，彷彿有用不完的力量，讓牠們一朵花接一朵花地去拜訪。在寂靜的山裏，牠們是最快樂的子民，不像有些在公路上的蝴蝶，經常被來往急馳的車輛撞得粉身碎骨，慘不忍睹。每回騎車下山，這樣殘酷的畫面，總是毫不容情地衝擊著我的心。

從相思林的枝椏間，只要仰頭，就可以看到漸由金黃轉成清藍的晴空。當站在突出的岩岬上向遠處眺望時，又可以看到磺溪的水靜靜地往山腳下流去，河中巨石纍纍，都被硫磺氣浸浴成鵝黃色，形成一種少有的地理景觀。這一條流經許多歲月的河，也同時流經許多鄉民記憶的夢。

我想起大學畢業旅行時，在臺東知本的那一夜，十幾個人在溫泉處處的河床上，各據一塊石，各挖一個坑，冒湧不止的熱泉汩汩而出，大家把腳輕輕地伸進，一些女同學不禁興奮地驚呼起來，我們這些大孩子，真有點不敢相信河水竟是熱的，而且是一整條河。遠處有些更大的坑洞，很多老人小孩每天都在那裏洗澡，也不管橋樑上來往車輛行人好奇的觀望。每回在磺溪畔散步，都會讓我想起那一段美好的青春時光。

再往高處走去，意外的驚喜隨時可得。起初我會有些後悔沒有帶本書上來，如果能讀幾行惠特曼或泰戈爾的詩，也該是件怡情的美事。但是，愈走進山中，這樣的感受便漸漸轉化成自嘲了。何必多此一舉呢？一片流雲，一朵小花，都值得用心去思索，去接近，即使不讀詩，美的情愫一樣會在心中醞釀，昇起。

那真是一次次難以忘懷的美感經驗。大屯山，美人山，七星山，在我窗子的上方，而窗子的下方，是與山相連的稻田、小溪。每次推開窗，許多驚喜就在我眼前豁然開啟。平靜的街道，淳樸的鄉民，我執教的國中在一小山丘上，每天，我都向山走去，和一群山的子民共度愉悅的一天。在都市裏闖蕩了許多年之後，那一年的山居歲月，成了記憶裏乾淨、美好、單純的一頁。

我真是懷念那段平凡無爭的簡單日子，一九八三年，在金山。

大口吃西瓜

古人常拿「大碗喝酒，大塊吃肉」來形容漢子的豪邁，對我而言，這些能耐是沒有的，但是我有我的痛快——大口吃西瓜。在炎炎夏日，任何消暑聖品，恐怕都比不上西瓜的受歡迎。那種汁水淋漓的舒適快感，是許多人夏季裏最鮮明的記憶。

而我記憶裏最甜美的吃西瓜經驗，是在金門服役時。西村營區的房舍後頭，我和弟兄們闢了兩畦西瓜田，晨昏澆水，把瓜養得胖呵呵的，人人見了眼亮，我們也很有成就感。那沙地的土質真好，花生、綠豆都曾種過，尤其是綠豆，一叢叢青翠，讓我們這些都市佬看得目瞪口呆。

原來綠豆可以長成一棵樹，和小時候用鐵盒裝棉花長得營養不良的綠豆完全不同，那給我們上了一堂最好的「常識」課。

西瓜長得極快，從播種施肥到收成，二個半月的光景，一顆顆碧澄澄的西瓜，就躺臥在沙地上安恬地曬太陽了。也不必悉心去照顧，它們自會萌芽、生葉，乃至於開出一朵朵黃色的小花，四十五天左右，就可以蹲在土畦中，看一粒粒小瓜籽鼓鼓膨脹，全身細尖的白鬚，活像個綠色刺蝟，可是一點也不兇狠，脆弱得不可以用手去碰觸，否則會長不活。莖藤一天天的伸延，西瓜也慢慢的在餐風飲露中壯大自己。

有時，幾天不注意，再見時會令你好生詫異，竟長這麼大了，心裏會為它們的努力暗自欽佩。這樣全心全意地「充實自己」，只為了將來讓人一刀剖開，這情懷可真悲壯得像個烈士了。有的西瓜耐不住陽光的曝曬，竟爆裂開來，仍然生澀的朱紅或淡黃，淒涼地裸露在外，令人怵目驚心。在扔掉的同時，不免要憐惜一番。

在金門的山外、金城等鎮上，街道兩旁可以看到碧沉西瓜堆得像一小山，在揮汗如雨的夏天，焦躁的人們少不得要抱一個回家，十幾公斤，裝在袋中沉甸甸的，但是騎腳踏車的速度卻飛快，因為等不及回家大快朵頤一番。我不喜歡切成一小片一小片地擺在盤中，用牙籤秀氣地吃，那讓我有「英雄氣短」的不快。頂好是快刀斬西瓜，嘩嘩嘩一片片整齊地排列，大夥兒人手一片，把豐沛的鮮紅啃得「汁流五步」，享受醍醐灌頂的酣然暢快。

吃西瓜是一樂事，種西瓜當然也是。瓜熟蒂落，收穫的歡愉，至今我仍不忘。走在瓜瓞綿綿糾纏不清的瓜田，用手指輕敲幾下，傾身聽聽成熟的聲音，就不是坐在冰果店裏喝西瓜汁的人能體會的樂趣。

每次操練回來，走過那兩畦西瓜田，我就忍不住叫伙伕摘兩個來嚐新，結果人人吃得沒有時間讚一聲甜，只見一張張的笑臉鼓脹得像個圓球。

我喜歡吃完西瓜後，舔舔嘴，一邊走路，一邊彷彿可以聽到自己肚子裏汁水流動發出的聲響，我覺得，那是一種幸福。

黑色幽默

自從搬來這個小型工業、商店、住宅全混在一起的市鎮後，生活上遭遇到的第一件「困難」，是每日晨起的苦差事——倒垃圾。

說「困難」，是因為以往住在金山偏遠的小鄉，入夜以後便人車俱寂，除了稻野的蟲聲唧唧，大地是一片靜謐，十點以後，更如置身無人之境。那份靜，是鄉下人家最廉價的奢侈品，也是十足讀書寫稿的好環境，我常為了貪那一份靜，紙上耕讀到夜深，久而久之，遂養成了晚睡晚起的習慣。

我問鄰居，垃圾如何處理？他們笑一笑對我說，沒有地方丟，必須每天早上垃圾車經過時趕緊拿出去，大約六點鐘左右。我一聽暗暗叫苦，但是搬家整理的垃圾不少，非丟不可，於是，隔天早上「給愛麗絲」的樂聲在巷口響起時，我立刻從床上跳起，來不及換裝，提起垃圾袋就火速往樓下衝，蹬蹬碰碰，三步併兩步，忽見車子啟動要離去，我也顧不得莊重或優雅，馬上一個箭步迎上前去，奮力一擲。拍拍手，我如釋重負地踱回家，原先我頗為自己的狼狽狀感到羞赧，但一眼望去，左鄰右舍個個睡衣拖鞋，而且一臉惺忪，見怪不怪，我才稍稍自在些。

時日一久，我已逐漸適應這樣每天準時的起床法。黎明之初，能把昨天的垃圾清除，有一個乾乾淨淨的開始，未嘗不是一件令人振奮的事。而且看著垃圾車將每家每戶製造的垃圾廢物收走，我對清潔人員慢慢產生一份敬意，覺得這種包容一切髒亂，將人人掩鼻厭惡的廢物無條件接受的精神，實在難得。

由於大家都晨起丟垃圾，因此本社區尚屬「清淨之地」，不見處處垃圾堆，我也不再把丟垃圾視為苦差事了。

然而不久，我卻發現離巷口不遠的道路上並不如此，由於兩側有許多建築工事尚未完工，大小不一的垃圾堆隨處可見，尤有甚者，一些住家的轉角處也被偷襲後成為垃圾堆，於是到處可以看到類似以下怵目驚心的警告木牌或海報：

「豬生狗養的才在此地放垃圾！」

「在此丟垃圾者絕子絕孫！」

「你再亂丟東西，不出三天你家火燒厝！」

有些語氣較和緩的則用工整的書法寫著：

「請各位仁人君子，勿在此放置垃圾，感激不盡，敬請合作。」

每天我看著這些語帶威脅或近乎哀求的文字時，便不禁對人性產生一些惡的聯想。而且好笑的是，愈罵得兇狠的，被放置的垃圾愈多。唯一不起作用的，是市公所設置的罰款警告標示，上面往往有以檳榔汁為原料所產生的即興畫作。

有一回，一位騎機車的婦女正將一包垃圾丟在一戶人家附近的角落時，被主人逮個正著，質問兩句之後，我聽見那位婦女理直氣壯揚聲道：「欸欸欸，我是丟在馬路上，又不是丟進你家屋子，馬路又不是你家開的，別人丟，我為什麼不能丟！」

她一說完，車子呼的一聲加速而去，只留下那家主人一臉的驚愕。

前幾天我搭公車到臺北，上車坐定之後，發現車廂內窗戶旁的車壁上有一行字：「你願坐垃圾車嗎？丟垃圾的是低等國民！前面有垃圾桶。」

向後瞄去，同樣用簽字筆寫的字句四處可見。我看看前頭開車的年輕司機，內心不禁湧起一絲敬意與謝意。敬的是，他敢於直指人心的自私，使人知所警惕；謝的是，他提供了一份乾淨舒爽的天地給受寵若驚的乘客。這使我原本疲憊的臉也掛上一絲笑意。

但是，這笑容不久便僵住了。

只見年輕司機在遇到紅燈停車後，迅即拉開窗戶，然後噗的一聲，一灘血紅便刺眼地黏在地上，還差一點就噴到比肩而停的計程車頂。我覺得自己好像被人迎面打了一掌，眼冒金星，方才的舒適與愉悅通通不見了。他若無其事地關上窗，一張嘴繼續有節奏地嚅動著，大概是檳榔汁液的刺激，他的一雙腳上下開心地抖動不停。

我不明白，他為何捨旁邊的垃圾桶不用，而要向外吐？

也許，他會理直氣壯地自我辯白道：「馬路是大家的，車子是我的，馬路髒了自有別人會掃，自己車子髒了，還要自己洗，我又不是頭殼壞掉！」

是的，他不笨，而且相當聰明，所以他會在車廂內寫上那些「警句」，只可惜，他的聰明全是私心，否則也不會在眾目睽睽之下做出這等言行不一的事了。

曾有人打趣說，中國人是最幽默的民族，因為什麼地方寫著「禁止停車」，常常那裏停的車最多；什麼地方寫著「禁止戲水」，常常就在那裏發生游泳溺斃事件；什麼地方寫著「禁倒垃圾」，那裏的垃圾也最多。

把它當笑話聽，笑中會含淚的。

這就是我們的黑色幽默，隨處可見，隨時可見。

夜讀陶詩

夜深了。窗外一輪明月靜靜，大地沐浴在柔光裏沉睡，我在桌前孤燈下攤開陶詩，誦吟冥思。屬於古書特有的淡香，伴著不時拂過窗櫺的小風，吹動了我髮，我襟，一種昔日未曾有的澄澈清明了然於心，困惑與領受間，我恍若可以體貼出千載以前淵明豁悟的情境。在這樣一個眾人皆睡的暗夜，我理直氣壯地以知音相期，似乎這顆在中國文學史上發亮生輝、劃空而過的耀眼巨星，正緩緩朝我的窗子迎面飛來呢！

自古以來，嗜讀陶詩的文人雅士，不知凡幾，如鄭谷有詩云：「夏日滿階讀古集，只應陶集是吾師。」這是多麼坦率的告白；遭忌的東坡謫居孤島時，亦曾逐首和陶詩達一百零九首，並且以「不甚愧淵明」自許；至於放翁的「恨不造其微」，則正好反襯出衷心的仰望和難以企及。這些文學大家的誠懇虛心，讓我們看到陶詩深邃廣遠的影響力。

初讀陶詩，是國中課本中的一首〈詠荊軻〉：「君子死知己，提劍出燕京。素驥鳴廣陌，慷慨送我行。」悲壯淋漓，對荊軻一流人物，有深切的歎息，亦寓有自己的憤慨。原以為陶潛這個自稱「羲皇上人」的田園詩人、隱逸詩人，是個不折不扣的隱士，平淡無欲，不問世事，終日徜徉在山水間的，怎料竟有這等熱血之作，心疑恐非陶潛本人之真實面目吧？其後讀《朱子語類》，朱熹說：「平淡底人，如何說得這樣言語出來。」方知隱者多是帶性負氣之人，淵明亦然。他曾先後做過江州祭酒、鎮軍參軍、建威參軍等職，雖有心立番功業，卻均不得意，尤其最後的彭澤辭官，更是他人生境界轉變的關鍵，從此二十餘年的耕讀生涯，他為中國文學寫下了亙古不朽的名作鉅篇，留給後人無限的感念追望。

淵明的四言詩，樸質有古風。我喜歡他在〈答龐參軍〉詩中的「衡門之下，有琴有書。載彈載詠，爰得我娛。豈無他好，樂是幽居。」和〈與子儼等疏〉中的「少學琴書，偶愛閒靜，開卷有得，便欣然忘食。見樹木交蔭，時鳥變聲。常言五六月中，北窗下臥，遇涼風暫至，自謂是羲皇上人。」同是追求心靈自由、揚棄官場污濁的表白。這種歸璞返真心情的熱烈濃摯，到了不為五斗米折腰而拂袖罷官的一刻達到了高潮。從前或許還會懷抱有「時來苟冥會，宛轡憩通衢」、「猛志逸四海，騫翮思遠翥」的雄心大志，但是在一連串「不堪吏職」及「質性自然，非矯厲所得，饑凍雖切，違己交病」的切身體悟中，他決心徹底遺棄人間世的榮華，一切英雄式的壯闊幻想也已成過去，於是，他跳出現實世俗這個「樊籠」，忘懷得失榮辱，投奔到大自然——這人間最後的淨土裏，去安頓自己一顆飄泊受創的靈魂。

我讀陶詩，經常可以在他表面安閒無憂的詩句中感受到一股龐沛的生命力。龔自珍的〈舟中讀陶詩〉內有句「莫信詩人竟平澹，二分梁甫一分騷」，說得正是。像〈飲酒〉詩中的「不覺知有我，安知物為貴」、「此中有真意，欲辯已忘言」，〈讀山海經〉的「俯仰終宇宙，不樂復何如」等境界絕不是沒有大信念、大徹悟的人所能夠體會的，這之中有詩人的高遠人格在。尤其是〈神釋〉詩中的「縱浪大化中，不喜亦不懼」，大解放中自有大氣魄，這豈是漫遊山林，自鳴清高的「閒人」、「隱士」一般人物可比。淵明的人與詩，不染塵埃，不離人間，怡然自得於天地之中，實令後人瞻仰弗及。

深夜人靜，蟲聲唧唧，泡杯熱騰騰的香片，臨窗讀陶詩，我常覺滿胸沉靜開朗，白日凡塵的繁瑣不平，只要隨口吟上一首詩，便可煙消雲散。解憂去愁，看來陶詩當屬上品。蘇東坡嘗言：「每體中不佳，輒取讀，不過一篇，惟恐讀盡後無以自遣耳。」說的該是一樣意思吧！

陶淵明曾在九月九日久坐於宅邊，怔怔地看著滿園燦放的菊花，心想值此佳節雅境，本該和樂歡喜，但是無酒啊！只得落寞地獨賞秋菊。正凝然出神之際，忽然江州刺史王弘送酒來，他不禁大喜，趕緊一杯一杯地喝將起來，那管它是誰送的，喝了再說吧！不喝豈不就辜負了眼前這難得的良辰美景嗎？今我來讀陶詩，一字一喜，亦是如陶潛醉酒，管它什麼生前後世名，不如眼前一杯酒！

薄薄的陶集，便是這樣一杯真醇質厚，令人陶然而醉的美酒啊！

冷的感覺

人在很多情況下會覺得冷。

寂寞時，獨自一人擁抱著無邊的思緒，卻又不知安於何處時，會覺得冷。小時候，父母白天均需外出工作，我和弟弟兩人留在簡陋的屋中，附近沒有住家，更沒有玩伴，於是兩人只好守著床頭一臺破舊的小收音機，鎮日眼巴巴地坐在門檻上，盼望父母熟悉的身影能自遠遠的小路盡頭出現。那當口，不管收音機播放的是多麼熱鬧歡樂的歌聲，依然令我覺得冷清無比。負笈北上求學後，宿舍生活多采多姿，日子飛快地消逝，但每到寒暑假前，目送好友一一離去的笑容，總教我撫懷悵然，雖然明知後會有期，卻一樣有著寂寞的感傷。

有時，踽踽於喧囂的人群中，車如流水，人亦肩靠肩地貼擠著，但茫然冷漠的眼神卻寫在每一個與你擦肩而過的臉上，讓人恍如站在萬丈高峰上，有種荒謬的孤獨感。東坡詩中的「高處不勝寒」，子昂的「前不見古人，後不見來者。念天地之悠悠，獨愴然而淚下。」不都在傳達這一份內心深處寂寞的生命悲感嗎？大詩人李白享盡身後千秋萬世名，卻也曾慨嘆：「古來聖賢多寂寞」、「我本不棄人，世人自棄我。」可見得詩人自我放逐的王國裏，仍是一片冷冷的寒意，所以杜甫哀歎他：「冠蓋滿京華，斯人獨憔悴」，憔悴二字，真道盡了人世無奈的孤寂與悲愴。

貧窮也會令人感到心冷。元稹的〈遣悲懷〉：「貧賤夫妻百事哀」，令人覺著貧窮像一把利刃，冷氣森森地逼迫而來。杜甫〈茅屋為秋風所破歌〉中寫道：「布衾多年冷似鐵，嬌兒惡臥踏裏裂。床頭屋漏無乾處，雨腳如麻未斷絕。自經喪亂少睡眠，長夜沾濕何由徹！」簡直令人鼻酸。

而陶淵明的〈怨詩楚調示龐主簿鄧治中〉：「炎火屢焚如，螟蜮恣中田；風雨縱橫至，收斂不盈廛。夏日長抱饑，寒夜無被眠；造夕思雞鳴，及晨願烏遷。」坎坷悲涼的心境宛然在目。這些詩，都有股深沉的冷意氤氳其中，一聲哀歎，一曲悲歌，描繪的是一個冷酷窒人的世界。

記得小學三年級時，一個冬日的早晨，我從媽媽手中接過一小片蘋果，那是第一次，我得到了夢寐已久的蘋果。從家裏走到學校的路上，我的心簡直像快要跳出來似的興奮。手心裏小心捧著，骨碌碌的小眼滴溜溜地轉來轉去，深怕路上有人會搶了去。亮青的外皮，鮮黃的果肉，這就是蘋果——電視上美國人吃的蘋果耶！我陶醉在擁有的愉悅中，捨不得吃它。到了學校，升旗時放進褲袋裏，上課放在抽屜裏，等到中午吃完便當想拿出來炫耀一番時，才發現果肉竟已全然變色！銹黃的斑點參差散佈，灰黯的果皮也失去原有的光澤，大失所望的同學紛紛笑了開來，我怔忡驚愕地握著它，一陣好沉重的沮喪羞愧自我眼眶緩緩汩出。

依稀記得當時教室熱烘烘的空氣裏，我恍見窗外樹上一片葉子因承受不住冷風的吹襲而無聲飄落。

此外，落榜所帶來的也是冷的心情。雖然是炎炎夏日，但嚐過箇中滋味的人，必會記得那是一生中一段無比淒冷的日子。大學聯考落榜的摯友K，曾經告訴我：「那陣子，總覺得天空都是灰黑的，有時走在大太陽下，也會不自禁地打個冷顫。」我想，每個曾在聯考的跑道上摔過跤的人都能體會那種絕望、失意、沮喪、自愧的情緒雜揉而成的心境，真是冷，冷到了底。所以有時讀孟郊的〈登科後〉：「春風得意馬蹄疾，一日看盡長安花。」在他四十六歲才登進士第的狂喜背後，我彷彿可以見到他以往數次落第時所流下的眼淚，那淚，必然曾經冷冷地滑過他傷痛的臉龐。

當然，冷與熱，全由心生。如雪冷，但賞雪的心情可以是熱的，像每年到合歡山賞雪的人潮擁擠；為國慷慨赴義的烈士，拋家離子，心情卻也未必會冷，反倒可以熱血沸騰。因此，貧窮寂寞，許多人甘之如飴，離家與落榜也使人成長堅強，那時的「冷」，於他們而言，已經是成熟長大的催化劑，生命中一抹永銘心版的色彩。

我願人生充滿熱，也存在冷，那將使我在冷熱交替中，客觀地體驗人生，更深信不疑地珍惜人生。

平安夜

夜很靜，整個世界籠罩在一片銀色月光下，皎亮的月似乎特別溫柔，幾抹飛雲輕輕掩上，不勝嬌羞。此刻的小鎮，已漸漸入睡，但我卻捨不得在這聖誕之夜為貪圖睡眠而錯過了聆聽天使報佳音的良機，因此，泡盅茶，臨窗讀著《聖經》，我等待那一刻的來臨。

隔壁住著一位老牧師，每年的這一天，他的家裏總是聚集了十餘人，在一起讀經祈禱，然後他們會穿上那聖潔的袍子，捧著蠟燭，一路唱著聖詩，向世人報好消息。他們之中有些人，我是認識的，但已經有三、四年，我不曾再參加他們教會的活動，在自己稚澀的心田，有些許的困惑與障礙，使我在參加了一年每個週末的青年團契後，離開了教會。雖然有一些決絕，但更多的是欲走還留的不捨。我至今仍記得他們送我離去時，眼中殷殷的祝福，那一夜，二樓禮拜堂的窗口流瀉出曼妙輕緩的鋼琴聲，是我最喜愛的「這位嬰孩是誰」。我走出大門，重又淹沒在車聲人潮中。

許多年了，教堂巍峨寬廣的建築，繽紛多彩的窗子，聖潔的十字架，及齊唱頌歌時那種和諧安詳的氣氛，依然鮮明地留在我的記憶中。我忘不了第一次拿到《聖經》時，內心抑遏不住的激動。那是一位高中的好同學送的，黑色封面，金黃色的題字，我輕輕撫摩著，一種巨大的感動充塞我心。高三每一個開夜車苦讀的晚上，我總是將它置於案頭，讀累時抬起頭的剎那，「聖經」二字在柔和的燈光照射下，反映出的晶瑩閃光，常常會讓我產生一種莫名的寧靜與澄明，就像這一刻，我在三樓的窗前，閒閒地翻看著《聖經》裏的故事，期待著隔壁那些可愛的朋友們，在這平安夜裏，將他們虔誠的祝福送入我的心中。

溫度很低，北臺灣的十二月，冷風毫不容情地恣意咆哮。我可以聽到不斷的有「阿門」的讚美聲低低響起，牧師洪亮的嗓子，不畏嚴寒地赤裸裸表達出他對信仰的無限崇拜。他已經五十多歲了，時常可以看到他騎著一輛破舊的腳踏車，逢人便開心地打招呼，彷彿這世界是那麼的美好。有一次在街上，他看到我，老遠就停車，煞車聲很刺耳地引起路人的側目，他頷首向路人笑了笑，算是道歉，然後推車走向我，遞給我一張他們教會的弟兄們親手繪製的聖誕卡片，聊了幾句，便揚揚手，又踩著腳踏車精神奕奕地向路上他認識的人打招呼。他看起來蒼老多了，但沒變的是他永遠掛著的微笑，一股自內心洋溢而出的熱情、親切與呵呵的笑聲。

那張卡片的構圖很簡單，是用針筆畫的耶穌被釘十字的受難像。我不知道是誰畫的，但可知的，是這位繪圖者必定曾經用了極大的虔誠與心血，一筆一劃細膩地呈現出他內心認為最神聖偉大的畫面，給人一種無比強烈的莊嚴感，而不會去計較他技巧的優劣了。卡片下端有一行用黑色簽字筆寫的藝術字：

愛，是永不止息。

在這饒富深意的夜晚，聆聽著他們如天籟的歌聲，我不禁為自己能適意無拘地思想並追尋自我而感到慶幸。放眼這個烽火處處的世界能有幾塊安樂淨土？又有多少個和平自由的角落？當中東的硝煙四起，非洲的饑民伸手待援時，誰來為他們祈禱？誰來為他們唱出渴望和平的心聲？雖然有很多交戰團體相約在這一天停火，然而這片刻的和平又能維持多久？這樣的平安夜又能減輕他們心中多少恐懼？人類的私慾沒變，好戰的本性不改，這個世界便將永遠處在你爭我奪的悲劇中。思及此，忽有一股深沉的悲哀慢慢湮漬了我原本平靜的心情，這個平安夜，竟也有一些不安的憂慮了。

正當思緒紛雜之際，樓下門前的馬路上乍然響起了動聽悅耳的清音，是他們出來了。我趕緊跑到陽臺上，倚著欄杆向下望，黝暗的街道上亮起了一圈由燭火連接成的光環，牧師領著十多個年輕人，開始沿路傳遞他們所領受到的信息，甜美輕柔的歌聲伴著他們喜悅的臉孔，在黑夜裏宛如一艘載滿光明希望的船，正駛向沉睡中的彼岸。牧師仰臉看到我，舉起燭光，用他那依舊洪亮的嗓門朝我喊：

「聖誕快樂！聖誕快樂！」

他們輕移緩慢的步子，停在一家家的門口，像一群叩門的天使，等待開門的人。

平安夜，聖善夜。萬暗中，光華射。照著聖母也照著聖嬰。靜享天賜安眠，靜享天賜安眠。

我自然聯想起那張卡片，上面簡單的六個字：「愛，是永不止息。」

在這個晚上，全世界每個角落都會有人如天使般無私地奉獻出他們的時間、關懷與愛，企求為這個充滿苦難的世界增添一點光明，一點希望。我想，只要人類的良知一日不泯滅，人間的愛一日不止息，這個因戰火蹂躪而瘡痍乾裂的土地，一定會在雨露的滋潤下，再度生根抽芽，還它青翠油綠的本來面目。

凝視他們的背影漸漸消失在街角，那曾經照亮過的街道又恢復了黝暗的寧靜。塵囂遠去的城市，正疲憊地入睡。整個夜裏，只剩下隱約可聞的歌聲，飛進了不眠的我的窗前，也許，也飛進了每一個渴望有愛的人間角落。

天使在心中，愛，在人間行走。這樣的夜晚，連月光也特別溫柔了。我喝著茶，臨著窗，再把《聖經》翻開，輕聲地唸了起來。

《卷三》

島嶼走過

西子料羅

從船舷圓窗孔向外望，只見寬廣的海域上端一抹淡淡的黑影細長地綿亙著。整個海面宛似蒙上了一層厚重的霧氣，使那靛藍色中的模糊黑影顯得遙遠而不真切。沉靜的艙房裏突然有人喊了起來：「看哪，那就是料羅灣！」這一聲像期待已久的扣門聲，敲醒了我們一顆顆藏在草綠服下按捺已久的心。

「終於到了，金門。」

隨著那模糊黑影的逐漸清晰，戰地特殊的景觀也映入眼簾。天開霧散，船速減緩。海是平靜無波的，但我的思緒卻紛亂無比，那是一種雜揉了陌生，緊張，離愁的奇異感受。

在高雄等船的日子，經常在壽山上眺看市區燦亮流離的燈火，愛河兩畔的水銀燈總是準時地一盞盞亮起，襯著漆黑的夜色，像一條發光的銀帶。俯瞰那可望卻不可即的塵世繁華，遠行的遊子，行囊中裝滿了蒼涼與悲壯。

上了船，倚著欄杆，潮濕的瞳仁向那片生活了二十多年的美麗土地告別，我貪婪地將一切見到的景物一一熔入心版。啟錨出港時刺耳的鳴聲瞬間劃破了無雲的天空，熟悉的人聲、車聲便一下子遠了。

從淡水南下西子灣,再渡海航向料羅灣,消逝的旅程多像一場夢呵！曾經，在葉珊那典麗魅人的散文裏，我憧憬著料羅灣上定泊著的漁舟，如今，我是一名少尉軍官，在寂靜的航道上思索著不可知的未來。沒有人能告訴我，此去經年該是一番如何的遭遇？那島嶼，又將以一種怎樣的豐姿迎我？

艦船終以精確無誤的角度靠岸。灰黑相間的花崗岩聳立成山，參天的木麻黃在陽光下驕傲地灑落一路清蔭。碼頭上大小客車嘈雜穿梭，哨音，口令，指揮手勢，忙碌地配合。鋁梯緩緩放下。我揹起黃埔大背包，拿出船票，穩穩地邁出我的每一步。落地的瞬間，我清楚地感受到，自己已踏實地挺立在前線的土地上，正走入槍林彈雨血淚交織的歷史中。

西子料羅，生命中嶄新的一頁即將開始。

飛翔之鷹

在金門島上，飛機是每個人心中日夜的思慕。當熟悉的引擎聲劃空而過，我相信，不知有多少人正用一雙熱烈渴望的眼睛迎接著它，也不知有多少顆想念的心將希望寄託於它。

有飛機的日子，代表了有信、有報紙，這兩樣最足以慰藉官兵心靈的良藥，每日清晨自臺北淩海而至，小小的機艙，含蘊了無數的關懷與聯繫，宛如一條長長的線，牽住了兩地深情。

第一次在戍守的崗哨看到銀白色的機身緩緩落在跑道時，握槍的手不禁微微顫抖，想起遠方的女友、家人，是否捎來了期待已久的叮嚀與祝福呢？即使沒有，至少昨夜在碉堡裏就著微弱燈光寫成的書簡，該可以乘著飛機的雙翼，飛向我思念的地方吧！

從望遠鏡中看「七二七」，襯著深藍色的天空顏色，完全像隻鷹，一隻勇敢的飛鷹，旋翔爬升，毫不猶豫地向前方迷茫拍翅飛行。起霧的季節，曾經一連數天都沒有飛機，焦灼的殷望，常常只能藏在心裏。任務不斷地下達，狀況仍待處置，不能因此而放鬆自己，我的心必須保持晴空萬里，儘管碉堡外面天幕濁晦，風雨交加。

雲遠天高。飛翔的心情，是美麗與哀愁的交織。

無言的眺望

故國山河一水間，這眺望的經驗絕非愉快的。

彎長的坑道冷寂，匆忙的腳步聲在四壁迴蕩開來，沒有人說話，只是安靜的走著。可以看見那份複雜的情緒，睽違已久的等待，憂鬱的感傷，一一都寫在緊鎖的眉間，迷茫的目光裏。

立在二十五倍望遠鏡前，隔岸角嶼的灰白營房，乾燥的木麻黃，細黑的鐵絲網，都清晰地浮現。排隊等待的心是焦灼的，於是，觀測臺前擠滿了一雙雙圓大的肉眼。一千八百公尺外的大陸邊緣，彷彿就在眼前。我望著海，望著禿黃的山，想起那齣悲劇的噩夢，不禁沉入一片激動的漩渦裏。

喊話站巨大而緩慢的播音正一波波地向對岸送去，嗡嗡的聲響直撼人心，嘹亮的歌喉在沉靜的海面爆裂開來，紛飛成無數慷慨的召喚。戰地特有的緊張氣氛四處瀰漫著。

南中國海，一千八百公尺，多麼近又多麼遠的距離啊！這詭譎多變的海峽，就這麼硬生生地隔開了兩個不同的世界、生活與夢。

不停的貪婪搜索，終於看見了礁岩背後的幾艘機帆船，以及船上走動的人影，一船三人，舊衣裳，破船具，一張張冷漠的臉，浮沉在海面上，在不測的歷史風雲裏。我的心抽動了一下，莫名的負荷自四面八方湧來。

馬山，這個東半島突出的一小塊地方，有人在此悄然落淚，有人在此不願離去，而我，卻只想把這一場並不愉快的眺望經驗，深埋在心。

當我把望遠鏡交給後面的人，他急切的問我：「都看到了些什麼？」一時間，我竟不知該如何回答他。

酒香與愁鄉

在島上，若要問鄉愁的滋味是什麼，恐怕沒有比高粱酒香更具體的答案了。

此地的高粱分兩季收成，首季約在三月至七月底，第二季則在七月到九月初。這段時期，島上到處洋溢著茂盛高長的北國風情，打高粱，曬高粱，是踏實生活中一樁小小的喜事。

我曾在炎夏時節，帶領十幾位弟兄協助附近的老農割高粱，一人一把鐮刀，烈日下揮汗直往前衝，刷刷聲不絕於耳，割得痛快極了！手腳俐落的早已趕在前頭，得意大笑一番，個個都是鐵錚錚的漢子。那一天的較量，竟成為此生極難忘的一段回憶。

因為離高粱田地不遠，有時我會走到比人還高的田中，或散步，或休憩，遮日擋風的密密高粱，可以讓我獨自一人享受著田野的寧靜。將小帽隨手掛在高粱稈上，尋一處堆疊鬆軟的稈葉上坐下，舒服地取書瀏覽，總能讓我沉浸在清清淡淡的葉香中，渾然忘卻許多的不愉快。讀累了，仰起頭向陽光做一番深呼吸，看麻雀鳥群在天空靈巧輕盈的滑翔，心中常會有一種美的感動，輕柔地撫觸。

收成的季節，島上公路的兩側，常可見到居民將割下的高粱穗連稈鋪在馬路上，刻意地讓車輾壓。據說，這樣既省時又省力，已成為島上奇特的一景。每回車過，路面總揚起陣陣粉屑，使人不得不瞇起眼來，很是刺激。在南方的島嶼上，我常因此而體會到一些些北地情味。尤其在沙美，可以看到「高粱海」，那是一大片豁地開朗、結穗纍纍的高粱田，赭紅的色彩，在陽光下躍動，氣勢壯闊地潑灑出一幅金燦亮眼的豐收圖，如林，如海。風一吹，波瀾起伏，醇香的記憶就牢牢地貼在你的腦海裏了。

至於名聞遐邇的高粱酒，那濃烈的後勁是每個曾經嚐過的人所不會忘的。熱熱辣辣的一口喝下，亮出杯底的豪情，讓火焚的青春順著喉管滑下，燒得面紅耳燙，燒得血沸氣騰。飲飲啜啜，把那深藏的心思翻滾如江地全數掏出，彼此拿真性情來相見，真是過癮之至。兩三知己，久別乍遇，在雨夜對坐暢聊往事之際，來幾杯高粱助興，儘管酒力不勝，難得忘情，難得知心，這種千載難逢的心靈交會，我夢寐以求。不可否認的，在每個年輕綠衫的歲月裏，熱辣的高粱，常常是讓人成熟長大的催化劑。

酒香與愁鄉，混在一起，只會更濃，更烈，更醇。一杯下肚，有時練出了膽，但有時也辣出了淚。

走過古寧頭

也許，正是那一腔壯懷激烈的碧血，才會在歷史的千秋長廊上，澆灌出古寧頭這一朵燦爛的勝利之花。這個曾經在一九五八年那場生死大戰中名揚世界的古戰場，如今，已是島民心中一頁輝煌的圖騰。

我在九月的末尾，靜靜地走過這個曾經鬼哭神號的古戰場。悲壯的史實，使我的每一步都不禁地覺得沉重起來。矗立眼前的是用花崗岩鋪建而成的戰史館，沒有硝煙的襯托，它的氣勢依然宏偉。館內一幅幅重現當日戰況的大型油畫，會讓人不得不驚服，這一個僅由林厝、南山、北山三個小村落合起來的小地方，竟然可以使兩萬八千多名敵軍無一生還，而且使「火燒戰船」的歷史故事在此重演，想來確實是不可思議。而幾十年來，小島就在濃郁的火藥味中，從無到有，從小到大，由弱轉強。

大廳中，代表彪炳戰功的虎旗虎虎生威地懸掛著，中央則恭列著一對白玉象牙，仿似一方鎮寶，鎮住了外面的風雨邪惡，將整座戰史館映襯得青青朗朗，光晃的世界。廣場上有一座立著三位無名戰士持槍衝鋒英姿的塑像，在陽光下油亮閃閃，「忠貞」二字牢牢深勒在塑像碑石上，宛似兩隻展翅的大鵬，向著湛藍穹空，不懼不疑地高飛。槍口向上，眼神凝聚向前，一個軍人的氣質與神聖，透過動感的線條，完全流露出來。

我站在輝耀的歷史殿堂內，看那三位無名戰士炯炯有神的目光，看停放在廣場兩側被譽為「金門之熊」的鐵甲坦克，想起美國總統艾森豪將軍說過的一句名言：「一個士兵的全副武裝，是不會比一副奴隸的枷鎖更沉重的。」這句話的真義，當站在古寧頭時，體會格外強烈。

曾經驚沙坐飛，風嗥雨嘯的古戰場，如今一派肅穆，悄無人聲。歷史從大喧囂走到了大寧靜，只有白楊樹與木麻黃，當風起時，偶爾發出一聲聲有些悲涼的低吟而已。

巍巍太武山

如同面對一位歷史的巨人，我們仰望太武山。

站在島上任何一方，太武山都是視線的焦點，心靈的會合處。甚至於，我們所行，所立，無一不在太武山的眷顧之下。無數的日子，它以壯麗之姿擁抱著這島，也以父兄般的溫藹撫慰著它的子民。

最愛在夜裏憑窗聽海，看山，海潮千年不變地拍擊著島，山也千年不變地挺立著。當燈火隱沒在無邊的黑暗裏，山便成為島上唯一徹夜的清醒者，也許孤獨，也許寂寞，但是堅強。許多個戍守的夜，我凝望著它，感到有股渾厚力量緩緩推入我心，使我不懼，目光灼亮。

不會忘記在低溫的寒流中，夜行軍過太武山。肩槍的手僵硬，凍紫的唇乾裂，而熱汗卻一顆顆地冒湧，滴在每一寸踏實的土地上。風流如弦，雨霧濛濛，手電筒的微光在山路間連成一道如星的弧線，我們以意志與力，不屈地向自己的生命挑戰，從暗夜走向天明。草綠服已然濕透，但當曙光乍現，四周的草木逐漸在眼瞳中清晰，回首崎嶇路徑，我們只覺天高雲潔，萬里無垠。做一個在高峰上喚醒大地的人，我們沒有停下來的理由。

後來，在烈日高照下，我又上一次太武山。雖然不是隱約的暗夜，但一路走來依然覺得美麗懾人。沿著玉章路上行，花崗岩壁上累累的彈痕，不時提醒人們曾有過的砲火傳說。在山高二百五十公尺處，有一個「延平郡王弈棋處」，據說當年鄭成功以金門為基地，因部隊遍駐全島，故常登山觀兵，閒暇時則與幕僚在此石洞內下棋論兵，而留下此一遺跡。得蒙英雄登臨，想來是太武山之幸了。

山的頂峰，屹立著「毋忘在莒」勒石，這該是太武山成千成萬的岩石中最為人熟知的一座了。在此可眺望碧波浩渺的大海，也可遙望一海之隔的故國山河。我想起海印寺住持和尚的一首詩：「心動故國頻入夢，詩逢好景易成題。孤鶩落霞西閩外，更向何山去託棲？」好一份「故國入夢，何山託棲」的情懷，他的心事，其實正是每一個中國人的心事。

山勢巍巍海平闊，站在太武山上，歷史風雲的滄桑變化，個人功名利祿的追求與失落，似顯得有些微不足道了。揚眉一瞬間，笑看風雲都已過，不變的太武山，始終是島上唯一清醒的徹夜守護者。對它，我們只能仰望，如同面對一位歷史的巨人。

山外的早晨

山外，一個美麗的名字，在島上，它代表了一座繁榮的小城，由於規劃整齊，店舖林立，商業發達，一直是士官兵們休假最愛的去處。

我喜歡在清晨，利用採買的機會，信步閒逛著這座拂曉的城市。大約二百公尺長的兩條街道，總是乾乾淨淨，不論那一時刻去拜訪它，絕不會看到它蓬頭垢面的。尤其一直覺得，山外清曉的空氣有種難言的甜香，像透黃的愛玉，我常略嫌誇張地深呼吸，常覺一股甜涼直沁心頭，不花分文的盡情受用，這種幸福，外地人是不易體會的。

不久，街市會在市場的沸騰聲中醒來。清晨的市集，是島上一項特殊的景觀。四面八方的軍人蜂擁而來，每個攤位店面的老闆笑臉相迎，時日一久，買賣之外便多了一分親切。一樣的做生意，卻沒有市儈氣與斤斤計較的小氣。八點鐘一到，所有的軍人又滿載各式貨物回到各自的單位，當這些停放在廣場的採買車一輛輛駛離，山外，也就一分分地恢復了它原來的寧靜與悠閒。

本地人的悠閒，恰好與駐軍的忙碌成對比。這裏沒有空氣污染，沒有亂鳴的喇叭聲，更看不到匆忙的腳步，倒是兜風的腳踏車，散步的老人與追逐嬉戲的小孩，隨處可見。

山外橋下的運河，靜靜水面躺著幾片睡蓮，一抹胭脂初綻，鮮豔欲滴。沿河居住的兩岸人家，只要一開門便可瞧見，看來，他們美好的一天，當是在蓮花的馨芳中開始的吧！

夏天的蟬總是鳴得早，不到六點，陽光已經輕灑。環島南路真是一條筆直乾淨的路，兩旁木麻黃參天，相思樹上鳥鳴啁啾，樹下是呈一直線排列的白色護木架，兩步一座，宛如兩列壯盛的隊伍，乘車經過時，給人閱兵的隆重感。

護國禪寺的師父在早課，偶爾有一兩位穿著素衫黑褲的老阿婆提著牲品水果，慢慢往佛寺移動，焚香燒金，一大早向神祈求個好兆頭。

往太湖路上有一家機車修理店，零件工具滿地堆置，凌亂的擺設中處處可見生活的印記，反倒讓人產生一種踏實的美感。屋前泥地上，用四、五塊長木板隨意圍成的花園當中，竟有桃花一樹，大朵小朵漫漫開，光華四射，很是耀眼，讓這平凡人家沾染了莊重的富貴氣。隔鄰一家，木門窄矮，恰巧夾在兩院落中央，侷促的空間，可看出這一家的清寒，然而門板上仍不忘貼張「富貴」，金邊大紅字，總是一樁小戶人家的心願。

山外公園則有一排供人休憩的鐵椅，椅背上雕花鏤空兩個同心圓，找尋了一處坐下，自在地觀賞天地萬物的靜好，平鋪的綠草坪，突地有一枝顫動一下，我怔了一怔，不久，只見眼前花花草草忽然都跳動了起來，此起彼落，彷似鋼琴的琴鍵，叮叮咚咚的音樂不斷迸出，在大自然樂師魔術般的巧手撥弄下，一首首節奏簡單卻耐聽的小舞曲就和諧地演出了。這場久未下的雨，飄在臉上癢麻麻的，很柔軟，也很纏綿，但是，這薄薄的太陽雨，總是很快就在人們的驚歎聲中蒸融，消失。

我一直喜歡這樣的清晨，在山外，與世無爭，淳樸而美好，讓人走著走著，好像就走在世外桃源的山中呢！

古鎮金城

懷著一份念舊的心情，我在七月微雨的清晨，再次走訪曾是島上最繁華的金城古鎮。颱風剛過境，天空仍抹著大片烏雲，而雨是昨夜開始就叮叮咚咚地斷續下著。

當我搭乘軍艦前來外島服役時，寂靜的航道，島給我的荒涼、禿黃及冷清的想像，曾使我一度沮喪不安。直到有一天，我踏上了這個古舊但繁榮熱鬧的街道，那種孤島的意識才徹底粉碎。

從金門客運總站，沿著民生路走，觸目所及都是三樓建築，音響、炸雞、牛排的廣告招牌巨大而醒目，流動的人潮和嘈雜的市聲，使人根本忘了自己置身在南中國海的一個小島上，你看不到海，也看不到荒涼與冷清。

我為自己近乎荒唐的想法感到好笑。

這個小鎮，由於發跡得早，商舖林立，且街道缺乏整齊的規劃，外觀顯得偪促些，但也因此拉近了彼此的距離，對街聊天、問候，反有著人世清平的家常情調。在這些日常風景中，一種綿密厚實的生命力隱隱乎藏其中，現於外。

當然，今日的繁華，是從昔日的滄桑中走來，所以斑剝的痕跡仍然可在一些古老的巷道中看到。我在細雨紛飛中，抬頭注視著那塊黃木牌匾「暾煌」，木緣有點腐朽了，當年的風光早已不在，「開業誌慶」四個字彷彿成了一種諷刺。小樓閣如今已然沒落，牽牛花的藤葉毫不容情地爬滿灰白崩裂的石壁，木門深鎖，殘破的石臼無奈地倒在及膝的野草中，一枝豔紅的雞冠花很寂寞地挺立著。

也許，那個主人已另謀發展，隨著進步的潮流而有了更豪華的門面，故把這座搖搖欲墜的小樓遺忘了，徒然留給過路的行人一陣無言的欷歔。

向前走去，轉入珠浦北路，那座象徵著島上教育文化史上最光輝一頁的「浯江書院」，宛如一位充滿智慧的先知，正靜靜地向我招手。跨過門檻，迎面便是「講堂」，襯著綠邊紅底，金黃色的字體閃閃發亮。這是整個書院的精神所在。穿越講堂，是巍巍的「朱子祠」，朱漆的大門，四周不絕的鳥鳴，加上垂鬚的老榕，透出一種莊嚴的氣氛來，令人肅然。

據《金門縣志》記載：朱子祠，建於清乾隆四十五年，是為紀念一代大儒朱熹主簿同安時，曾經渡海教化金門，並設座講學的一段因緣。後因年久失修，幾近殘破，政府遂於一九六八年重修祠宇，同年十二月舉行落成大典，並邀請史學名家錢穆夫婦前往主持盛典，使百年來的文化薪火再度熊熊烈烈地傳承至今。聖人教化，遺風猶存，島上居民的性情溫和謙恭，或許便是受了朱子精神潛移默化的影響吧！

講堂內，目前是青年活動中心的場所，堂的上方懸掛著許多歷代的牌匾。正中「理學名賢」，是宋處士理學賢儒丘葵所立，其左右各懸「孝子」、「忠臣」，為明代洪武年間所題。最旁兩側則是清代乾隆間的「參贊大臣」、「伯爵軍門」。除此之外，大小匾額甚多，使講堂自然煥發出幾分歷史不凡的光彩。門前幾盆鐵樹、杜鵑、桂花，排列平整，在綠瓦白牆的映照下，清幽淡雅，不染俗氣，是一個適宜沉思、閱讀的好地方。

書院緊鄰著中正國小，再向前行，則是金門高中。操場旁的大榕樹下，總有一些老人，或坐或臥，抽著紙煙，閒閒地聊天，完全一派無事太平的悠哉。樹下擺著數十顆碧沉西瓜，也不叫賣，任君隨意，價錢好談，很是灑脫。

中正圖書館後面的一列碑林，在茂林脩竹、蟬聲綿綿中，格外引人發思古之幽情。這些遷移或重勒的石碑，有的碑面龜裂，有的更已湮沒不可辨，予人十分強烈年代久遠的感覺。有的刻石遒勁有力，頗能重顯昔時的壯麗之氣。朱熹的墨寶「立修齊志，讀聖賢書」是宋紹興年間，從民間珍藏的木刻拓本上得來的；「金門昭忠祠記」是清道光四年題，於一九八六年三月從金城鎮南門里森羅殿遷移至此；最左一碑「島孤人不孤」，則是總統經國先生於一九五八年十二月二日於大膽島南山所勒，一九八七年三月重勒於此，簡單的五個字，頗蘊含一番孤臣孽子的大擔當，令人動容。

對金城這一小小的古鎮而言，它有著輝煌的過去，曾在歷史上揚過名，發過光，如今，它仍是金門縣治之所在。雨中的古鎮，歷史的煙雲正逐漸散去，商業機制的活絡正慢慢地改變一個小鎮的容貌。草綠服的軍人們依然穿梭在商家街道上。我走在小鎮的巷道裏，即將離去，但古鎮的顏色、聲音和氣味，已一步步地深埋在我年輕的記憶中。我將在未來的時光裏，經常想念它、尋找它並發現它，懷著一份念舊的心情。

《卷四》人在旅途

天顏一笑

——黃遵憲的生命抉擇

在中國浩遠五千年的歷史長河中，晚清七十年，只不過是大河中短暫而幽微的一股水波，被前潮推擠而來，又順流奔淌而去。時間的推移，使晚清走上了近代歷史的舞臺，也不可阻擋地，最後化為歷史煙塵中的一頁過往。

至今看來，有清一朝的盛衰起伏，倒真的是像潮來潮往，雲起雲散。不同的是，晚清這道激流，在中國這條幾千年傳統帝制的河道上，畢竟很壯烈的轉了一個大彎。除了漩渦自轉，它還是能夠拍岸擊打出幾番撼人的浪頭。

溥儀退位，兩百多年的「清潮」，終於黯然消失在中國的土地上，流進了歷史。長期以來，那場「維新」與「革命」的拉鋸戰，最後獲得了「革命」性的勝利。這個結局，對當時的許多知識分子而言，恐怕早可預見。不論是主張革命傾覆，還是醉心變法維新，在不同的路上，他們應該都看到了類似的前景：腐敗帝國的傾圮，正像是四時應然的節氣，既然氣數已盡，狂瀾當然難挽。

不過，也不全然如此。

晚清著名的外交家、詩人黃遵憲，便是眼見國事蜩螗，危在旦夕，依然堅持唯有維新一途是使中國起死回生的最佳良方。至於維新大政的推動，則繫乎光緒皇帝一人。光緒在，大清王朝的氣數就在；維新不改，大清江山的版圖就不會改。

只可惜，維繫大清江山的不是四歲登基的光緒皇帝，而是背後垂簾聽政的慈禧太后。光緒的一舉一動，都逃不出老佛爺的手掌心，而老佛爺既不要革命，也不要維新，維新竟成了載湉的一廂情願。但他的一廂情願，卻也曾經一度燃起了中國再生的希望。

光緒二十二年的九月，身為滿清道員兼江寧洋務局總辦的黃遵憲，奉旨進京入覲。按清制，只有高級官吏才能由皇帝特旨命令覲見，道、府以下官吏，必須由吏部帶領引見，但光緒卻破格下特旨召見。在召見時，光緒問黃遵憲：「西方政治何以勝過中國?」黃遵憲回答：「西方之強，全因變法，臣在倫敦，聽父老說，百年以前，英國還不如中國呢!」光緒聞言，起初有些驚訝，但不久就含笑點頭同意了。

當光緒點頭微笑的一剎那，黃遵憲恰巧緩緩抬頭。歷史的奧妙就在於，光緒因此更加強化自己變法維新的決心，而黃遵憲則因天顏一笑，強化了自己對光緒皇帝的忠心。「堯天到此日方中，萬國強由法變通。驚喜天顏微一笑，百年前亦與華同。」黃遵憲在《人境廬詩草》詩集中，留下了這段知遇皇恩、感恩圖報的真實告白。

從那一刻起，光緒帝成為他心中最高也最深的寄託。這「天顏一笑」，宛如一道緊箍咒，緊緊繫住了他最後生命的流向。在「革命」與「維新」的拉鋸戰中，他始終忠心耿耿地站在光緒這一邊。

光緒在一百零三天內，連下新政詔令一百一十餘件，從廢八股、改科舉、汰冗員、廣言路，到允許剪髮辮等，應有盡有，整個中國似乎瀰漫在一片迥異以往的新興氣象中，黃遵憲的心也隨之狂熱不已。直到慈禧舉起鎮壓維新的屠刀為止。

光緒被慈禧「一廂情願」地強迫退位了，戊戌六君子慘遭殺害，康、梁倉惶逃往國外，至於黃遵憲，則僥倖死裏逃生，奉旨罷官，告老還鄉。

光緒二十四年十月十五日，五十一歲的黃遵憲，一身憔悴，落魄登舟南歸。深秋時節，天上寒月孤懸，他在起伏不定的江上，緩緩抬頭，無言望天。

他恍然明白，離那生命記憶裏最榮耀的一刻，不過僅僅兩年，天顏一笑，卻已是昨日黃花，此後夜夜夢裏最深沉的哀痛了。

人算不如不算

——鄭板橋的人間大愛

人都說板橋狂妄放言，殊不知他天性純良；人都說板橋落拓不羈，殊不知他率真忠厚；人都說板橋絕世風流，殊不知他備嚐人間冷暖，深知民生疾苦。

詩詞裏的板橋，奔放自由，疏曠灑脫，飄逸有致；現實世界裏的板橋，長處窮困，仕途不達，有志難伸。青年時期的板橋也有過他的夢想，所謂「讀聖賢書，所學何事？」他也曾豪氣萬丈的為「立功天地，字養生民」的理想奮鬥，但十二年的縣官生涯，親身接觸到社會的黑暗和民間疾苦，於是漸漸意識到「縣門一尺情猶隔」，並不是那麼簡單就能夠「得志加之於民」的。因此，晚年的板橋，寄情山水，淡於功名，以樵夫漁父自許，長歎「一朝勢落成春夢，倒不如蓬門僻巷，教幾個小小蒙童」。

雖是如此，他內心裏那種欲造福國計民生的意志卻始終縈繞心懷，未嘗一日忘記。不論詩、書、畫裏的板橋形貌如何千變萬化，真正的他，卻是始終如一，充滿仁心厚道的。

母親早歿的板橋，由繼母及乳母教養成立。他天資聰慧，十七歲就取中秀才，但後來仕途多舛，直到四十歲才中舉人，四十四歲賜進士出身，出任山東范縣的知縣。他審理訴訟，能客觀公正，合法合情。後來調到濰縣，恰巧遇到饑荒，秉心仁厚的板橋，立刻進行賑災工作，下令豪門大戶煮粥救饑，因此而活命的人很多，時人都稱他是「循吏」，普受百姓愛戴。

但是，秉性剛正，不肯阿諛權貴的板橋，經常違背上官旨意，而遭受排擠，最後不得已只好稱病退休，歸隱於揚州，以賣字畫自給自足。

也許，正是因為他一生坎坷，又深知民間疾苦，因此經常有「大庇天下寒士」的願望，有一次，他還刻了一枚圖章「恨不得填滿了普饑債」來表明自己的心志。

當他到范縣做官不久，就叫他堂弟拿著官俸回鄉，挨家沿戶散給，一直到全部送完為止，這並不是暴發戶心態，而是長年貧困，受人資助，心中不忘回饋鄉里所致。他在家中放置一囊袋，把銀錢果食之類，全部貯放在裏面，若有故人子弟或鄉鄰貧家來，可以隨手從袋中取出想要的東西，板橋一定贈送，這樣一來，求人的不必開口，送人的也不詢問原因，彼此都有一分自尊。由此可見板橋的宅心仁厚。

不僅如此，他在考中秀才後，有一天在舊書箱中，看到一些前代家中奴僕留下的契券，他馬上就在燈下燒掉，而不將它送還給他們，因為他認為如此一來，反而會讓家奴們產生不安心理，乾脆焚毀一了百了。

在寫給堂弟的家書中，他就明言：「自我用人，從不書券，合則留，不合則去，何苦存此一紙，使吾後世子孫，借為口實，以便苛求抑勒乎？」

像他這樣推己及人的相信人性而反對合同，在現代社會恐怕會被譏笑吧！但是深入去思考，他的這份存心，不僅是替人著想，也是為自己。把契券燒去，是替小老百姓設想，同樣也替自家子弟杜絕後患，正如他的體會：「試看世間會打算的，何曾打算得別人一點，直是算盡自家耳。」常聽人說：「人算不如天算，天算不如不算」，這句話確實有幾分至理。

板橋的仁愛忠厚，不只是對人，連自然萬物，也有惻隱之心。例如他反對籠中養鳥、髮繫蜻蜓、線縛螃蟹等虐待動物的行為。他說：「我圖愉悅，彼在囚牢，何情何理而必屈物之性，以適吾性乎！」這種將愛心澤被萬物的襟抱正是中國傳統的忠厚，而板橋這段話可說是講得最透澈。

有一天，他突然想到郝家莊有一座無主孤墳，頓時又勾起他的惻隱之念，馬上寫信交代他堂弟買來做為墓地，不但不許刨去那座孤墳，甚至要後世子孫都一樣上墳祭掃。因為他相信，只要有一顆仁愛之心，「雖有惡風水，必變為善地」。

看來，板橋不只是絕世風流而已，也不是魯莽放言高論而已，他的另一面也許常被我們忽略了。讀板橋的家書，內容各篇雖然不同，但卻有一共通的思想連貫其中，就是「仁民愛物」，這四個字可以說是他一生行事做人的根本。正如他自己所說：「夫讀書中舉中進士做官，此是小事，第一要明理，做個好人。」

要做好人，第一步不妨先從替別人著想開始。眼光看遠些，心胸放寬些；少一點算計，多一點自在。因為，替人想，常常就是替自己想。板橋的人間大愛，就是因為他不替自己想。一旦不把自己擺在前頭，其實，路反而就豁然開朗了。

虎門海灘的一天

——林則徐的禁煙之旅

每次讀到林則徐《使粵奏稿》中那段斬釘截鐵的誓詞：「若鴉片一日未絕，本大臣一日不回，誓與此事相始終，斷無中止之理。」內心總不免一驚。他耿介剛毅、以一身抵強權的偉岸形象，下令禁煙的果斷手勢，也總會形象化地在我腦海中浮現。虎門海灘的那一天，對林則徐，對整個中國的命運轉折，現在想來，恐怕都有其悲劇性的象徵意義吧！

那是清道光十九年四月二十二日中午的虎門海灘。欽差大臣林則徐抬起頭，望向海灘上陳列如山的鴉片煙，一共二萬零二百八十三箱。所有的人都屏氣凝神地等待著，氣氛緊張而浮動。一些碧眼紅髮的外國人，也站在人群中，冷眼看著這位性格強硬、堅不妥協的清朝大臣。

大家都在等。林則徐也是。唯一不同的，其他人等的是看這齣空前熱鬧的禁煙大戲，而他等的，則是全中國完全消除煙害的那一天能早日到來。

那一天到底什麼時候能到來，他不知道，但他堅定告訴自己：至少是從這一天開始。

他下達了就地銷毀的手勢。在海灘高處樹柵，鑿開了兩池，把鴉片安放妥當，然後用鹽滷浸泡，再加入生石灰，點火燃燒。等到海水退潮，拉開涵洞，讓海水將灰燼全部沖走，並用水充分洗刷，做到點滴不留的地步。

在烈焰沖天、黑煙四起的時刻，林則徐露出了欣慰的微笑。一滴都不留，正如他的決心，一點都不動搖。這次的銷煙行動，足足進行了二十二天才全部燒完。一共燬去鴉片二百三十七萬六千二百五十四斤，時價高達一千多萬銀元。

這次的禁煙舉動，向外商傳達了強烈的立場，也向中國百姓宣示了堅定的決心。因為，他深知這場戰爭的遺毒遠遠大於槍炮，而它不會讓人嗅到一絲火藥味。如果，大家再不覺醒，「東亞病夫」的招牌將永遠豎立在中國的土地上。

其實，早在雍正皇帝時，就已知道鴉片貽害匪淺，而下令嚴禁，但是沿海奸商與英商勾結，秘密轉銷，輸入數量反而年有增加。到了道光中葉，竟增至二萬八千箱以上。由於鴉片的大量輸入，中國白銀的出口也日益增加。眼見局勢嚴重，林則徐上奏建議，惟有禁煙才可免銀兩外流，惟有重刑才可禁止吸食。他懇切地說：「若猶泄泄視之，是使數十年後，中原幾無可以禦敵之兵，且無可以充餉之銀！」

道光皇帝和朝中大臣，於是一致贊成嚴厲禁煙，而林則徐是疆臣中最有禁煙決心和成績者，於是派他為欽差大臣，到煙政最重要的廣東省去。

林則徐一到廣州，立刻連發四篇禁煙公告，並給外商諭帖，要求全部鴉片繳出燒燬，並出具切結書，聲明以後永不夾帶鴉片，否則一經查獲，人即正法，貨即沒收。可是限期屆滿後，外商並未出具切結，煙商也只繳出一千箱敷衍了事。林則徐遂下令捉拿著名的煙販顛地，又將所有外人二百七十五名，全部軟禁於商館內，切斷對外聯絡，勸告英國領事義律等人繳煙。

在林則徐果決的宣示與行動下，外商終於屈服，而繳了二萬箱鴉片，並有了虎門銷煙的空前之舉。道光皇帝對此深表嘉許。不料，第二年英國派遣了「東方遠征軍」，準備攻打虎門，林則徐早已有嚴密防備，一舉將英軍打得落荒而逃。惱羞成怒的英軍，只得掉頭出海北上，改向定海進攻，在佔領定海後，又攻打寧波，林則徐聞訊請求去浙江抗拒英軍，但沒有得到清廷的允許。

後來，英軍又分兵去打天津，輕易的佔領了大沽口。就在這時，清廷突然下了一道詔令給林則徐，降旨將他革職。當他接奉清廷革職查辦的詔旨時，不禁感慨萬千，朝廷不責備浙江沿海一帶的官員防守不嚴，反而痛斥自己不該輕啟兵端，而以自己作犧牲品來緩和英軍的憤怒。這樣的下場，真是始料未及。

雖然如此，被削職流放到伊犁去的林則徐，心中並無怨悔，畢竟，個人的命運與國家相比，根本微不足道。他憤憤不平的，是後來朝廷與英國簽下了喪權辱國的「江寧條約」，不僅要賠償銷煙損失，從此英商還可以將鴉片自由遍運中國各地。無語問天的林則徐，憂心忡忡地向新疆出發，望著此去迢遙多艱的路途，他不知道，要到什麼時候才能把殘害身心的煙毒，徹底趕出中國去？

虎門海灘的那一天，在轟轟烈烈的火光中，他彷彿看見了一個充滿希望的明天。只可惜，他後來才明白，朝廷的顢頇無能，對中國所造成的傷害，並不比那二萬箱鴉片輕微。鴉片在連燒二十二天後，一滴都不剩，而中國的浩劫卻才剛剛開始。

道光三十年，太平天國起事，朝廷詔命林則徐為欽差大臣兼廣西巡撫。在抱病趕路、旅途勞頓下，他死在行館中，享年六十六歲。震驚哀悼的清廷，替他辦理了隆重葬禮，並准建祠紀念。民國成立後，政府以他在虎門焚煙的第一天——六月三日為禁煙紀念日，並在虎門建立他的銅像，永資追仰。

「禁煙紀念日」已紀念過很多次了，但看來，他還得繼續在這片海灘上守下去。因為，時至今日，煙毒氾濫之巨，早已超過當時遠甚，他的後代子孫們，也仍在千方百計、奮力不懈地高喊著：向煙說不、向毒品說不、向安非他命說不——

就像他當年，向英國人說不……

天地間一個旅人

——顧炎武的寂寞身影

在明末清初的動盪歷史中，在硝煙四起的中國山川裏，有一個踽踽獨行的身影，一直令我深深感動，掩卷歎息，那就是一身兼經學家、史學家、地理學家、教育家、文字音韻學家的顧炎武。

他從不認為學問只是空談心性、吟風弄月而已，而是應該要「經世致用」。他一生從事反清復明運動，是一位不甘心做滿清順民的愛國志士。為了這個崇高的目標，他留心各種對國計民生有益的學問，努力鑽研，務求能派上用場。他著名的《天下郡國利病書》一百二十卷，就是確實走過山川地理考察的心血結晶。

當他四處旅行的時候，除了勘查天下的地勢險要，民生疾苦，一方面也是想結交天下反清的志士。在風霜跋涉的旅途中，他永遠不忘記用兩匹驢馱著書在後面走。換言之，不管在何時何地，書從不曾離開過他一步。

他走到任何地方，都會仔細觀察地理形勢，並隨時拿出地理圖籍來核對，有不明瞭的地方，就去找些老兵退卒們向他們請教；發現有與書本記載不合的地方，就立刻加以修正。如此費時多年實地調查，加上歷覽群書，用心考訂，才完成這部地理名著。

其間的辛苦真是一言難盡。不論颳風下雨、酷暑日曬，還是山巔水涯、深谷險徑，他始終不退縮。當有人嘲笑他以驢載書的行為時，他也不為所動。為了心中的理想，他心甘情願地孤獨旅行，走過山東、山西、陝西、河北、河南，以及塞外邊陲之地。許多年，萬里路，卻仍是一個人，兩匹驢，滿箱的書與資料。

天下郡國的利與病，都在他心中，以及用心完成的書中。

不僅如此，他後來還學以致用地付諸實際行動。因為研究地理，他清楚地理形勢，在〈形勢論〉中，他說：「取天下者，必居天下之上游，而後可以制人。英雄無用武之地，則事不集。」又因為熟讀歷史，他想到歷代英豪，像馬伏波（馬援）等人，都是自塞上立業的，於是他「願從馬伏波，田牧邊郡北」，去展開他的政治活動，立下穩固的經濟基礎。

他先在山東的長白山下，廣置田莊，興辦農場，結交當地豪傑，稍有局面之後，就交給他的學生經營，自己又跑去山西的雁門，置產從事畜牧與墾荒。因為當地有水而不能運用，他特地派人到南方尋找能造水車、車輾、水磨的人來合作做開墾的工作。等到規模粗具之後，他又交給門生繼續經營，自己再到另一處去墾荒。

在南北奔波的那些年裏，他曾經六次去南京拜謁明太祖的陵寢孝陵，六次到河北昌平拜謁明朝末代皇帝明思宗的思陵。而在六次謁思陵的時候，他又有五次是同時拜謁明成祖以下，至明嘉宗十二代皇帝的陵墓。他這種舉動正足以表明他不忘故國的一腔孤忠。

這種性格、氣節的養成，和他母親的身教極有關係。

他的母親王氏，白天紡紗績麻，夜晚則往往讀書到二更才去睡覺。她最愛讀的是《史記》、《通鑑》以及《明朝政紀》等歷史書籍。當顧亭林四、五歲時，她就開始把歷史上那些忠義人物可歌可泣的事蹟，講解給他聽，希望他能效法。

顧亭林生在世家，家中藏書原本很多，計有五、六千卷，後來經過喪亂，雖有所散失，但也還有二、三千卷。因為書多，他讀書很容易，七歲入塾，九歲便開始讀《周易》了。此後陸續又讀了孫子、吳子等兵法，以及《左傳》、《史記》、《戰國策》等書，十一歲開始讀《資治通鑑》，到十四歲時就進學考中了秀才。後來他見國事日非，知道一般詩文不足以救國，他就進一步的留心經世致用之學，遍讀二十一史和明朝十三朝實錄，以及一切有關國計民生和興利除弊的書籍，並開始寫作《天下郡國利病書》，可是書還沒有寫完，明朝已瀕臨滅亡了。

當清兵南下，攻陷南京時，他三十三歲。他的母親知道大勢已去，決心殉國，絕食了十五天而死，臨終遺命亭林道：「我雖是一個女子，但已身受國恩，國亡，則身與俱亡，是理所當然的。你切莫做異國臣子，莫負世世國恩，莫忘先祖的遺訓，那我死後也可安心瞑目於地下了。」母親的殉國，給他極深刻的傷痛與教訓，並從此更堅定了他的民族意識與愛國情操。

因為故國河山未復，他對家室之念一直擺在後面，而時時為國奔走，即使是立論著書，也求有益於國運民生。他四十四歲離開家鄉後，至死都沒有再回去過。

他總是一個人，天地間的一個旅人，踽踽獨行於廣大的故國山川，把他的心志、喟歎寄託在歷史的風雲裏。天下很大，他和兩匹驢、幾箱書的寂寞身影當然顯得十分渺小。

不過，他渺小的身影，我們至今依然看得見。

一把刀，在秋天出鞘

——心比男兒烈的秋瑾

秋天的清晨，微涼。六歲的秋瑾站在老塾師面前。

老塾師捋著鬍子，歎口氣對她說：「妳天資過人，是難得的讀書料子，只可惜是個女孩兒！」秋瑾睜大眼，聽了極不服氣，覺得這種重男輕女的想法，未免迂腐，她心想，男孩子能做的事，女孩子也一樣能做得好！

在她稚氣未脫的眉宇之間，隱隱一股英氣流露而出，堅毅的眼神令老塾師心中一驚。

然而，對這名近代中國奇女子而言，老塾師的一驚，只是日後一連串驚天動地之舉的開始而已。

「身不得，男兒列；心卻比，男兒烈。」秋瑾一直就不是躲在房內挑花刺繡的傳統閨秀，相反的，她最愛看劍俠傳，對舞刀弄劍也有極大興趣，父親特別為她延聘武術名家指導。空閒時，她喜歡騎著棗騮大馬，到城外盡情馳騁。

就在那時，甲午戰爭爆發，清廷挫敗，敵人的鐵蹄正一步步在烽火中踐踏而至……

有一天，秋瑾從父親的書櫥裏找到了一本黃宗羲的《明夷待訪錄》及許多新學書報，才明白原來國家沉淪已久，濃厚的民族意識開始在她心中萌生，他沉痛地自許道：「國家興亡，不但是匹夫有責，而且匹婦也要有責！」

從此，她留心政事，吸取新知，並時與徐自華等閨中密友一起議論時政，每到激昂時候，就會悲歌擊節，拔劍起舞，將內心的悲憤及壯志化為點點星芒，冀望能照亮籠罩在黑暗下的世道人心。

在父母安排下，她嫁給湖南文人王廷鈞，他是個舊式讀書人，雖然體貼妻子，但與秋瑾的民族思想頗有一段距離，他有心仕途，便捐了個郎中的官，帶著秋瑾上北京。

北京一住數年，她看到滿清政府的腐敗、貪污，也看到八國聯軍開進北京城，結果割地賠款，屈辱求和，使中國陷入前所未有的苦難當中。「祖國陸沉人有責，天涯飄泊我無家」（〈感時〉），秋瑾緊握手中的劍，內心常覺悒悒不樂。

三十歲那年，她忽然將所有的首飾變賣殆盡，充作旅費，並為免連累家人，毅然脫離家庭，和丈夫分手，隻身前往日本留學。在下定決心的那一刻，她想的只是要學一點新知識，替苦難的國家盡一點力，至於自己的幸福、前途，則早已不再重要。

在日本，秋瑾改號競雄，又號鑑湖女俠，結交了許多志同道合的夥伴，加入革命團體。她還是隨身佩帶一柄寶刀，時常騎馬在山野間練習射擊。文武雙全的她，一切的犧牲、準備，都只是為了有一天得以拔刀出鞘，斬妖除魔，澄清海宇，希望能替列強虎視眈眈下的中國，劈荊斬棘出一條富強的生路！

回國之後，她創辦《中國女報》和《中國公學》，推展輿論力量，培養革命人才，暗中多方協助、策動反清義舉，充分表現出巾幗不讓鬚眉的不凡膽識。

光緒三十三年，秋瑾暗地組織了一支名為「光復軍」的軍隊，預計六月十日在金華起事，但五月二十六日徐錫麟在安慶起義失敗，壯烈犧牲，秋瑾聞訊悲憤填膺，遂將學生組成敢死隊，準備起事，惜事機洩露，巡撫派兵下令捉拿，經過一番格鬥，秋瑾在彈盡援絕和寡不敵眾的情形下，從容被捕。審訊時，她始終不發一言，嚴刑拷打，也堅不吐實，衙役強迫她寫供詞，才昂然落筆草成「秋風秋雨愁煞人」七字。然後，在六月六日清晨，她走完短短三十三年傳奇的一生。

隨身佩帶的那把刀，早已不知流落何方，但是那劍芒如星的雙眼，始終不肯閉上。身首異處的鮮血，永不收鞘的寶刀，她以一介小女子的力量，獻給了不朽的大事業。

在不到四年後，辛亥起義的那一天，終於開出了革命成功之花，也譜出了民國誕生的新紀元。

而秋瑾的那把刀，至今仍在我們心中閃閃發光。

每年六月六日斷腸之時，我們總彷彿可以看到她舞刀縱橫、顧盼神飛，在歷史的舞臺上，燦然刻劃出下面幾個大字：

身不得，男兒列；心卻比，男兒烈。

如果，當年那個老塾師還健在的話，不知是否仍會捋著鬍子對她說：

只可惜，妳是個女孩兒……

和平淨土的追求

——弘一大師的真慈悲

一九一八年夏，浙江第一師範學校的校園內因學生放暑假而顯得空蕩蕩地，悄無人聲。李叔同在宿舍裏安靜而從容地清理個人的物品，包括金錢、衣飾、印石、照片、鋼琴、字畫、書籍等，分別贈給了學校、朋友、學生，留作紀念。直到那一刻，他親近的知友、學生才不得不接受他皈依佛門的決定。

這些曾經寄託他超群才華的珍貴文物散盡後，自己帶走的僅剩些布衣和幾件日常用品而已。一切料理完畢，即離開學校。當夏丏尊等同事送他出校門後，他執意不許再送，約期再會，黯然而別。在莊嚴的虎跑寺前，他回首前塵俗世，心中自有不捨，但面對未來，他肅穆，決絕，下定決心不回頭。農曆七月十三日，拜了悟和尚為師，正式剃度出家，法名演音，號弘一。

從此以後，風流倜儻的李叔同隨風而逝，自律嚴謹的弘一法師在佛教史、文化史上迎面而來。他與世隔絕，非佛書不看，非佛語不說，日籍夫人求見，始終無言，見了昔日友好，則總是勸人念佛，全心全意地過著佛門生活。

未入空門前的李叔同，年少才盛，舊學新知都有根柢，而且憂心國是，愛國心切。十九歲時，他就曾說：「老大中華，非變法無以自存！」非常同情康有為、梁啟超的維新運動，並自刻了一石章，上面寫著：「南海康翁是吾師」，表達了景仰之意。許多詩詞寫作，也多流露出憂時憤世之情。

遁入空門之後呢？吃齋念佛，他的心中自是和平舒緩，無欲不爭，寧靜的生活，淡泊的心靈，他如常度日，靜如止水。但是，他的心並未完全超然物外，百姓的安危，國家的命運，依然使他懸念不已。佛教中人沒有不愛和平的，但是真正的和平不是「眼不見為淨」、「萬事不關心」就可以，他對和平淨土的追求，顯現了他的真慈悲，大智慧。從年輕到年老，家國天下，黎民蒼生，他從來就沒有一天忘記過。

一九三七年，他五十八歲，應青島湛山寺倓虛和尚的邀請，由廈門經上海赴青島宣揚佛法。不久，七七事變爆發，北方逐步為日寇所侵佔。當時青島已成為軍事上的爭點，形勢十分緊急，有人認為上海暫時比較安靜，勸他南下，他說：「今若困難離去，將受到極大的譏嫌，雖然青島有大戰事，也不願退避。」在言談間表現出一種堅毅無所畏懼的態度。

到了「八一三」以後，弘一大師致函上海友人，說要由青島回上海，再到廈門去。那時上海在日寇侵略下，烽火連天，友人勸他暫住青島，但他堅持非回廈門不可。不久他果然由青島來到上海，住了兩天，乘船返回廈門。當他回到廈門，當地情勢突然十分緊張，又有友人勸他向內地退避，他不同意，只淡淡地說：「為了護法，不怕炮彈。」接著又說：「時事未平靖以前，仍願住在廈門，倘遇變亂，願以身殉！」並自題住的地方為「殉教堂」。由此可見，他在國家和平遇到破壞的時候，早已將個人的和平置之度外。

有一次在吃齋的時候，他不禁涕泣地向弟子們說：「我們吃的，是國家的米，喝的是國家的水。身為佛家子弟，不能共紓國難，替釋迦如來彰顯體面，自問連隻狗都不如。狗還能替主人看守家門，我們卻一無所能，竟然還靦顏吃喝，心中怎不感到慚愧呢？」他那種為保國衛教，憂心忡忡的心情，使聽者深深為之動容。

當時凡有人向他索求書法者，他總是寫「念佛不忘救國」六字來送人，藉此激勵人心，宣揚抗戰理念。

廈門陷落時，他正在漳州，局勢岌岌可危，他的高足豐子愷慮及他的安全，特函請他赴桂林暫避。他最後還是拒絕前往。

對他來說，危險或安全並不重要，生死早已看透，榮辱亦已淡然，身在何方又有何妨？只是，人間處處烽火，沒有安樂淨土，人民流離失所，此情此景，讓他不能釋懷。

如果，和平只是一隅，他不願前往；如果全世界都有和平，那去什麼地方都一樣。念佛與救國，在他的眼中，完全是同樣的一件事。

一九四二年，無牽無掛的弘一大師，在溫陵養老院圓寂，結束了他不尋常的一生，終年六十有三。

五十歲那年，他為閩南佛學院同學寫了〈悲智〉訓語：「有悲無智，是曰凡夫；悲智具足，乃名菩薩。」開示念佛的人，不是有一顆慈悲的心就夠了，同樣也需要智慧。有智慧，有慈悲的人，才能真正懂得生命深處的奧秘。救國也是如此。有智慧與慈悲，和平的淨土才不會是遙不可及的夢想。

弘一的慈悲，在於時時以蒼生為念；弘一的智慧，在於以出世的情懷做入世的事業。從李叔同到弘一大師，我們看到了一個悲智兼具的生動身影。

三百五十里路

——蔡松坡的生命起點

據說，他母親生他之前，夢見一隻老虎從屋後松林沿山坡走下，直入堂屋，驚醒之際，生下了他。因此，才命名為艮寅，寅在天干地支上原意屬虎，而字則取為松坡。

這隻老虎，在三十四年後，因為自以為是「龍」的袁世凱企圖稱帝，而在雲南首樹義旗，毅然以一隅之師舉兵聲討袁氏，從此名耀史冊。

龍虎之戰，正義之聲最後震碎了洪憲帝制的美夢。

這隻從松坡上走下的猛虎，文武雙修，以學問為基，建立了光耀的事功，雖然，他以三十四歲的壯年，匆匆謝世，但卻留給後人無限的景仰與尊崇。

虎的誕生，是在清光緒八年，湖南邵陽一個偏僻的小農村。由於曾祖父、祖父均早逝，家世一直寒微，到父親時才在寶慶與洪江間的交通要道上之桃花坪，開了一爿小客棧，根本也無力供他讀書。

有一天，邵陽宿儒樊春城先生路過桃花坪，投宿在這間客棧，夜闌人靜時，挑燈朗讀蘇東坡所作的〈留侯論〉。這時候松坡才八歲，卻被琅琅的書聲所吸引，呆呆的站在燈下，凝神聆聽，若有所會。樊春城頗覺訝異，打量著眼前的稚齡童子，忍不住問他：「你聽得懂嗎？」松坡回答說：「看你讀書很快樂的樣子，覺得很神往，因此捨不得離開。」樊春城聽後覺得他的稟賦不同一般小孩，遂牽他的手歎息說：「這樣好的天資，為何不讀書？」松坡的父親恰好也在旁邊，就告以家貧，無力送讀，這樊先生原是名有學問的秀才，在家設館授徒，於是答應要免費教他。

可以讀書的蔡松坡，內心歡喜無比，從此認真苦讀，不敢稍懈。然而家中白天也要下田務農，因此只有晚上才有時間讀書。當時鄉村中家家戶戶點的都是菜油燈，燈光昏暗，讀書認字不易，加上父親為節省開支而限制他用油，令他十分苦惱。

有一晚，他讀到燈油已快滅時，突然抬頭看到外面比屋子裏光亮，原來是屋外有皎潔的月光，從此就儘量利用有月色的機會，讀書到夜深。可是，努力用功是一回事，如果沒有書籍也是一大問題。家境貧窮根本無法買書，當時也沒有圖書館，只有私人藏書，所以只要打聽到誰家藏有好書，蔡松坡一定不惜跑上幾十里路去商借，實在無法出借，便在該處做筆記，摘錄下書中的菁華。就這樣，在樊春城的循循善誘，以及自己的刻苦砥礪下，他十二歲即補縣弟子員，十五歲又補廩生，顯示出其聰明過人的才華。

按理說，他應該走上傳統的科舉仕宦之途，但是十六歲那年，湖南創辦時務學堂，聘請了當時才二十四歲的梁啟超來湘講學。松坡在讀書思考之餘，早對維新事業十分嚮往，胸中孕育的根本不是功名科舉，而是經世救國大志。於是，他從邵陽步行了三百五十里路到長沙，進入這所新學堂，在四十個學生當中，年齡最小，天資卻異常聰敏，加上勤奮好學，成績超出同學許多，深受梁啟超的賞識、器重。松坡就在這裏接受了新知識，陶冶了革命救國的偉大人格。

這三百五十里路，走出了傳統讀書人的道路，也替他自己踏上另一種截然不同的生命之旅。

光緒二十六年，他十八歲，保皇運動失敗，他的一些好友如唐才常、林唐述等十九人不幸罹難，他對清吏的殘暴憤慨不已，也對康梁的作法產生了懷疑。幾經思考，他對梁啟超提出心中的抱負：「筆桿子是救不了國的，要救國必須要有槍桿子。」從此天天嚷著要去學陸軍，雖然梁氏並不贊成，但他並不氣餒，一再力爭：「只要先生替我設法學陸軍，我將來若不做一個有名的軍人，你可以不認我這個學生！」他棄文就武的決心打動了梁氏，遂四處奔走，將他薦舉進了日本士官學校，當時他正是二十歲。

在士官學校裏，他結識了唐繼堯、蔣百里等同志，一起為中國的命運，學習、思考、摸索，企圖開拓出一條更寬廣的道路。

民國五年，袁世凱私心自用，意圖將成立甫四年的中華民國摧毀，恢復往昔的帝制狀態。這項陰謀，因為蔡松坡的挺身而出、振臂高呼而失敗，袁氏更因此憂忿致死。當他慷慨激昂地高喊：「我們以一隅抗全局，明知不能取勝，但所爭者，是為四萬萬同胞的人格，與其屈膝而生，毋寧斷頭而死……」相信他的老師梁啟超會驕傲地以這個學生為榮。

事實證明，他不僅有學問文采，也是一個傑出的軍事人才，只可惜，這顆民初政治舞臺上閃閃發亮的彗星，只短暫地現身便稍縱即逝，令人扼腕。

在求學的路上，蔡松坡曾經跋涉了一段很長的路；但在人生的路上，他則只牛刀小試了短短幾十年。

如果，當初不走那三百五十里路，也許他不會走上革命之路。但是，也許他的新思想不是十六歲那年才開始，而是更早，在老虎從松林走下山坡之時，他就註定要為革命事業奉獻一生了。

獅子吼，龍抬頭

——以身殉國的陳天華

一九〇六年五月二十三日，湖南長沙各校的學生激憤地集體罷課了。他們不懼官府的威脅阻撓，穿著素服，手執白旗，自動地排著隊伍，唱著哀淒的輓歌，簇擁著一方靈柩，向嶽麓山前進。

一路上有革命黨人不斷向群眾演說革命道理，送葬的行列愈來愈長，綿延數十里，人數多達萬餘人，從長沙城望過去，整座嶽麓山白茫茫一片，如同籠罩在濃厚的愁雲慘霧中。

面對這條肅穆悲壯的長龍，滿清軍警除了呆立一旁觀看之外，絲毫不敢阻擋。

整個長沙城，乃至整個中國，那一天的視線焦點，都集中在那個小小的靈柩上。

靈柩裏，是三十一歲的留日學生，陳天華。

陳天華，一個出生於湖南省新化縣貧寒人家的小孩，自幼父母早逝，又乏兄弟，孑然一身，孤苦伶仃。卻在日後憑著一份對國家執著的熱愛，獲得了無數中國青年的愛戴與懷念。

三餐不繼的惡劣環境，沒有打倒他，他力求上進，勤奮讀書。由於長年處於饑寒，他的身體一向孱弱，加上抑鬱過度，而患了口吃毛病，訥訥難言，但他的內心卻是壯志如飛、熱情澎湃的。

戊戌變法期間，他考上新華實業中學堂，當時正值維新運動在湖南迅速開展，新學的廣為流傳，使他得到很大的啟迪。不過二十出頭的陳天華，即已立志投身於挽救祖國危亡的革新事業中。

一九〇三年初，他以官費被送往日本留學，入東京弘文學院師範科學習。四月，俄國留駐東三省的軍隊，竟不實行辛丑條約簽訂後，八國聯軍必須撤兵的條件，反而製造藉口，派兵安東，佔領營口，又向清廷提出新的無理要求，企圖永遠霸佔東北三省。清廷的軟弱無力，導致留日學生群情憤慨，而掀起了轟轟烈烈的拒俄行動，組織「拒俄義勇隊」，準備效命疆場。

陳天華人在日本，也對亡國在即，痛心疾首，他滿懷悲憤，嚙指作血書數十封郵寄國內各學校，又揮筆寫就了〈敬告湖南人〉一文，號召同胞「萬眾一心，捨死向前」，其愛國情感之熾烈，真是催人淚下。連當時的湖南巡撫趙爾巽在看了血書之後，也為之動容，而親臨湖南各學堂宣佈這封血書。

後來，在日俄激烈爭奪東北控制權的情況下，陳天華毅然隻身回國，投身國內的革命洪流。一九〇四年，與黃興、宋教仁等人在長沙創立了華興會，並計畫在這年農曆十月十日起義，因為這一天是慈禧太后生日，官員們要集會「祝壽」，正是大好時機。可惜風聲走漏，尚未起事即遭到鎮壓，最後不得已必須避居日本。這次失敗，令他身心蒙受了巨大的創擊。

眼看中國就要被列強瓜分而滅亡了，清廷卻不思振作，只知加害自己同胞，奴顏卑膝，一腔熱血的陳天華，內心實感痛苦難抑。

一九〇五年七月，國父到日本東京，不久正式成立了同盟會。陳天華不僅是主要發起人之一，而且被推舉參加起草會章，這使得處於苦悶中的他，又看到了中國未來的新希望，而重燃內心焦急如焚的救國熱情。

可是，正因為如此，日本成為革命黨人在海外的重要活動中心，清政府極為不安，而要求日本政府驅逐留日學生中的革命黨人，於是日本政府頒佈了「取締清朝留日學生規則」，這個措施引起留日學生極大憤慨，八千多人群起抗議，但留學生中意見不一，一些領導人也不肯負責，陳天華遂決心要以自己的生命來激勵大家的愛國熱情與革命決心。

一九〇五年十二月八日凌晨，陳天華在寫完一篇長達三千多字的〈絕命書〉與〈致留日學生總會諸幹事〉的短信後，獨自一人到東京的大森海灣，懷著一顆悲壯的憂國心，縱身蹈海，向大海、也向全中國，表達他最沉痛的呼籲，用青春的昇華，替自己三十一年的短暫生命劃下可歌可泣的句點。

在他為宣傳愛國思想而奔走呼號的日子裏，他一直不忘以筆為武器，撰寫革命救亡宣傳品，其中如《猛回頭》、《警世鐘》、《獅子吼》等，都產生過廣泛的社會影響，對辛亥革命的成功也有一定的催化作用。

當然，滿清政府則將這些書視為洪水猛獸，列為「逆書」，加強查禁，沒收焚毀，但是，革命的火種已燃，歷史是不會走回頭路的。

陳天華在跳海自殺之前，也早已下決心，不回頭。中國，這個龍族的後裔，何時能再抬頭，他不知道，但是他願意把自己化成一聲獅子吼，喚起沉睡多時的中國。

雖然，以今天來看，這樣的手段並不合宜，但是在當時確實引起了相當強烈的震動，在他的愛國精神感召下，留日學生組織了敢死隊，並向日本政府、清駐日公使提出一波波強烈的抗議，最後有多達二千餘人中斷學業，憤然返國。

而陳天華的遺體，也在學生代表的迎接下，隆重運回長沙公葬。從日本大森灣，到長沙嶽麓山，這一程跋山涉水，一走，就是他短如流星般的一生。

他終身不娶，因為國家大難；他也不知富貴為何，因為國家多災。他從不曾有過一天安逸享樂的生活，連死，也要投身在驚濤駭浪的拍打中。

大概沒有人會想到，這個曾經口吃嚴重的小孩，長大後竟會是個作獅子吼的熱血青年。當然，他也不會知道，六年之後，新中國誕生，龍終於抬頭。

《卷五》

斷簡殘篇

寂寞書房

1

一直覺得，讀書寫作原都是寂寞的事，如雪竇禪師頌曰：「萬里清風只自知」，這心情是只有走過的人才能真知。寫作是修行，人有多高，寫出來的作品就有多高。「偉大的作品來自偉大的心靈」，因此，多讀、多想，不僅提昇自己，也會使作品有深度。有道是：「英雄走的路是，日常平地皆絕頂」，從日常中鍛鍊出新意，動人力道反而更深厚。讀書寫作到了會心處，不論熱鬧，不論寂寞，自可如那滿天大雨，照得堂廡都明亮起來，就像禪家說的：「會不會，南山北山雨霑霈。」

2

《未央歌》的世界，總給我一種藍天澄澈，乾淨如雲的感覺。是有那樣好的一群人，在那樣偉大的時代，快樂而充實的活著。僅僅就為了那人，那生活，我便不由自主地入迷了。

先是絢爛耀眼的藺燕梅，像三生石畔的絳珠仙草植到人間，自生自長，麗質難自棄，有著幾分惹人憐愛的嬌稚，而其至情至性處，更是其他人所不及的。范寬湖的歌詞裏說：「妳的美麗是天上的。」真是貼切極了。藺燕梅的光芒是不自知然又無法掩蓋的，她的大家閨秀氣質，最是表現在舞「但丁神曲」時的風姿無限。鹿橋形容得好：「她兩臂兩手在頭上向空中和緩地迴旋著，如同從天空不可見的地方接到了什麼，又如同攀到了空中伸下來的那一隻援引她上天堂的手。然後那渴慕的眼睛忽然露出了滿足，怡悅的光來……鋼琴又是幕起時的鐘聲，一場虛驚如夢，一場美景更如夢，大家欣喜愉快，不知如何是好……」她是每一迴旋，都有著盎然的生機，叫人如見春天潮濕地面上突然冒出的新芽，驚喜中又有分讚歎。

比之藺燕梅，伍寶笙有如小家碧玉，但卻嫻靜淑雅無半點小家子氣。性情乖巧，人緣好，是個溫柔的大姐，照顧著弟弟妹妹們一天天長大。她的人是種安定的色調，從從容容的與人無爭，且總是在一片混亂後收拾殘局。至於小童，則有B型人的迷糊，不拘小節，彷彿頑皮的小弟弟，整天咧著嘴開心地笑，卻又一步一步安穩的走著。他對大宴說：「你是凡人，我是詩人！你補襪子，我不穿襪子！」叫人好氣好笑，奈他不得。也許就算打破碗盤，他也是吐吐舌頭的好玩。然而他是愛這個世界的，他養小白兔、鴿子，種花，與一草一木自然相親而毫無距離。其實，《未央歌》的世界原就是一個愛的世界，即便是活得很辛苦的大余，他的固執正經也是種愛，對家國時代的大關愛。

我最心喜的，便是那昆明十月的陽光，與走在藍天下一個個意興風發的年輕學生，他們輕快而踏實的步伐。一切一切都是那麼單純的美好，一如窗外一寸寸照進來，漸漸甦醒的晨光。

3

每讀樂府詩，便覺那是一個活潑風光的人世，清揚而安穩，如陶銅上樸實厚重的線條刻痕。像〈江南可採蓮〉，讓人想到熟悉又遙遠的童年記憶，魚戲蓮葉間，游過的是一去不返的似水流年。而〈上邪〉，讀了令人泫然欲泣。如此一篇偉大的愛情誓言，濃烈而不浮誇，純情極了！「上邪！我欲與君相知，長命無絕衰。山無稜，江水為竭，冬雷震震夏雨雪，天地合，乃敢與君絕。」可想見一女子貞烈莊嚴地向著她的愛人盟誓，一字一句肺腑中掏出，帶幾分嬌羞，幾分期盼，但更多的是對自己的自信與對愛情的堅定不移。這情是絕對的高亮亢烈，可對天地日月而無愧。

還有一首漢樂府：「有所思，乃在大海南。何用問遺君，雙珠玳瑁簪，用玉紹繚之。聞君有他心，拉雜摧燒之。摧燒之，當風揚其灰。從今以往，勿復相思。」幾句話就道盡了千年來世間年輕女子曲折的心事。朝思暮想的意中人在遠方，於是將雙珠玳瑁簪用玉纏繞，小心翼翼地藏進內心密密的相思，想著千里迢迢要送給他，忽然聽說他竟有二心，便立刻翻臉，拉之，雜之，摧之，燒之，再往風中一揚，把這恩情來斷絕！一場轟轟烈烈的愛戀，就此隨風揚灰，還諸天與地，不再相思。我讀了又讀，不覺心酸，反覺熱鬧好玩，對女子亦柔亦剛、愛恨分明的真性情，很是欣賞。這也才懂得了原來千年前的先民們，也是和我們一樣的，有強烈的愛憎，還有小小的心眼。

4

人無我有，人有我新，人新我深。不論寫作或讀書都應如是。

5

喜讀《幽夢影》。這雖是一本閒書，然而閒得真有味道，原是可以風吹那頁看那頁的，可是一讀得起勁，便實在捨不下。像以前讀《密西西比河上的生活》，夢中便有河上嗚嗚不斷的汽笛聲，伴著童年一個個彩色的憧憬，使人忍不住想丟開一切，也學馬克吐溫，做個密西西比河上冒險的掌舵人。

《幽夢影》中，每於張潮言後，必有「好事者」或評或感之語，唇槍舌劍，你來我往，鏗鏘殺出一個熱鬧別致的天地來，讀後每每要人學金聖歎的道聲：「好！」如張潮說：「人須求可入詩，物須求可入畫。」

龔半千便接口道：「物之不可入畫者，豬也，阿堵物也，惡少年也。」真是張潮的心腹；又有個石天外後面急急說道：「人須求可入畫，物須求可入詩。」也是不讓前人；最妙的是張竹坡，偏不老實，要把話給倒過來說：「詩亦求可見得人，畫亦求可像箇物。」反得也自有令人會心處。又如：「春雨宜讀書，夏雨宜弈棋，秋雨宜檢藏，冬雨宜飲酒。」知雨者莫若是。「善讀書者，無之而非書，山水亦書也，棋酒亦書也，花月亦書也。善遊山水者，無之而非山水，書史亦山水也，詩酒亦山水也，花月亦山水也。」畫中有山水，山水皆為書，方為真善讀書、真善遊山水之人。像這類好玩的還很多，往往寥寥數語，便道盡人生百理，實不能不佩服作者之才分及其感思之深刻。

只不過，像這樣一本活生生、有趣味的書，還是有些人視之為「玩物喪志」，文章小道，而此類文章尤不足觀，我是每見人露鄙棄之神色，心中便不禁要為他難過，想他一生是有好多事不能懂了。

6

如果沒有西天取經之行，玄奘一生也許最多只不過是個望重一方的高僧，甚至於沒沒無聞度過一生。但是，他憑著自己堅強的意志，不認輸的決心，非凡的勇氣，成為國際知名的大學問家、大探險家，加上翻譯佛經的貢獻，使他在佛教史上寫下了光燦的一頁，永受世人追念。

我們都讀過小說《西遊記》，描寫唐三藏是如何歷經八十一難才如願取到佛經，其中諸多神怪的情節固然是小說家者言，但現實裏的玄奘，確實是歷盡千辛萬苦。唐三藏有悟空、八戒、沙僧等人一路相隨相助，玄奘卻沒有，他只有一匹馬，和一份不達目的絕不回頭的決心。

如果有人問，玄奘到西天到底取了什麼經？我想，其中最重要的一部經典，應該是「恆心」吧！

7

蕭乾晚年曾自勉說：「跑好人生最後一圈」，雖然明知生命快到盡頭，仍要「跑好」，而不是棄權停賽。這讓我想起一句俗話：「扔破也是葫蘆，滾破也是葫蘆」，既然最後註定是被扔的命運，為什麼不自己痛痛快快地滾它一番呢？這「自滾」就是「跑好」，同是對命運的一種反抗罷！

8

對書架上的書進行分類擺放，有的置於高處，拿時還得墊張小椅子；有的一目了然，隨手可得；有的擺在書架內層，拿時還得先抽出前排的書；有的放進櫥櫃內，不知何時才會再取出一讀。這其實就是一種極具個人觀點的文學編選行為，而一個書房就是一部觀點獨特且經常改變的作品選集。

9

題材可以重覆，形式可以模仿，但那文章中的神情、韻味、風格與意境，卻是人各有體，學不來的。讓文學花圃顯得多彩多姿的，不是題材與技巧，而是每個人與生俱來的氣質，落筆時的感動與字裏行間透射出的情致、韻味。

10

鍾理和的小說《笠山農場》，是在「露天書齋」中，拿著長不及尺、寬七寸的木板放在腿上當墊板寫成的；吳濁流寫小說《亞細亞的孤兒》時，家對面就有日本警察，他冒著被告發逮捕的危險，幾張幾頁地埋在地下，再偷偷帶回鄉下藏起；王藍寫《藍與黑》，是在太太的縫紉機上完成；朱西寧幾次廢棄前稿，重新再寫，孩子們將有父親手跡的廢棄稿紙當作壁紙用，一個小說家族就這樣用稿紙糊起來了；李昂的《殺夫》，曾經被口誅筆伐，她不知道二十年後，這部小說會成為臺灣文學經典之一，在國家圖書館召開的會議中被討論，被推崇；楊逵、柏楊等人的火燒島之行，沒有燒去他們對創作始終如一的熱誠。正是這些人，這些作品，讓「作家」成為一個驕傲的印記，榮耀的桂冠。

邊界亂碼

1

需要光合作用的，不是植物，而是人。

2

我寧願抱著一截浮木，在海上起伏漂流，感受海水的溫度，也不要
做一個在沙灘上眺望海洋的人。

3

一個人旅行，絕對的孤獨，無限的可能。

4

人生苦短，這也是一種快樂。

5

打從小時候第一次自己走路去上學的「壯舉」後，我便覺得自己勇敢得可以像這樣走遍世界。那時心裏想著的，是好遠好遠的臺北。隨著年齡漸長，我的心願也不斷改變。國中很嚮往劍橋，可以躺在暖暖陽光下，康河旁的青草地上，看大人小孩騎著單車悠哉悠哉地逛著。這是受了徐志摩的魔力所致。接著想去羅馬，因為有奧黛麗赫本、葛雷哥萊畢克在那兒。後來只想去美國，因著「小巨人」中的一句話：「只要風吹草長，天空有藍色，土地就永遠屬於他們的」。當一個韓國僑生同學送了一些豔紅的楓葉給我時，我又改變心意，想去韓國看楓紅層層。一直是這樣，想到處亂跑，浪跡天涯。可是，許多年過去了，心願有的實現，有的只是夢想，而記憶最深刻的，竟然還是小時候從家裏走到小學那五里路，路不遠，卻是當時心中的整個世界。

6

常常在遭遇挫折，對人生絕望的當口，人們總會詛咒這個世界的種種不合理，進而懷疑人性中是否有其善良的一面，全盤的否定讓他覺得人生沒有意義，無形中變成一個寡情薄意的人。他會認為，冷酷與絕情是處在這個世界必需的保護色，但實際上，這樣的人生是偏執、有缺陷的。活在這樣的氣氛裏，人只有仇恨、疏離與衰老。反之若心中堅持一份愛、一份美，永遠以情心觀照這大千世界，則萬般事物莫不賞心悅目，陶然令人醉。世界之美與醜，好與壞，終究繫於人一念之間，而「愛」是決定這「一念」最重要的因子。

7

小時候，母親叫我們去買個蛋，我們會在去雜貨店的途中繞一大圈子，先到東家的後院看看芒果熟了沒有，再到西家的門口逗逗小狗玩，一路玩過去，興致盎然。現在長大了，則是低著頭，專挑兩點之間最短的距離匆匆來回，否則便覺浪費了寶貴的時間。這之間的轉變，是否意味著我們失去了什麼呢？

8

歲月未必會催人老，而是風霜跋涉讓人興起滄桑之感。當生命千瘡百孔時，空洞的身軀又有何用？

9

雪萊的名言：「愛情好像燈光，同時照兩個人，光芒並不會減弱。」有很多人以這句話自勉，所以社會新聞永遠不會缺稿。

10

清晨聽到鳥聲醒來；走過小巷人家，看到逸出牆外的九重葛上一抹淺淺的飛紅；或是聽著古琴音樂，手捧一盃熱騰騰的碧蘿春茶。這是身為都市人的「不幸中的大幸」。

11

死亡的那一刻並不痛苦，而是死亡前的等待令人害怕。

12

人生，說穿了，不過是有沒有、要不要、好不好的選擇過程罷了。

無言轉身

1

回憶是有重量的，當我和你的記憶愈來愈少時，我在你心中的份量也愈來愈輕。

2

發現自己的極限，只好安靜下來，找一個角落，喝微溫漸涼的茶。

3

元人徐再思說：「平生不會相思。才會相思，便害相思。」相思的滋味呢？身似浮雲，心如飛絮，氣若游絲。唉，有時相見恨晚，有時相見恨早，一樣都抓不牢，留不住。

4

輕聲細語，常常比聲嘶力竭更有力量；有時候，沒說的話比說出的更讓人感動、明白。

5

不同顏色的玫瑰花，各有不同的香氣，那是極細微的差別：豔紅的黏膩，粉紅的淡香，白色的又稍稍刺鼻，黃色的比較甜。我曾經努力的想蒙上眼睛，透過不同香氣而辨識不同顏色的玫瑰花，但常常是失敗的，因為有些花的味道不只一種，會令人混淆。這讓我想起了人，與感情。

6

那是一場怎樣的愛情啊！熱鬧繁華的東京街頭，一個王子，一個遊覽車小姐，兩人偶然的邂逅，自然的生活在一起，並肩走在爛漫的陽光下，走著走著，有一首歌悠悠渺渺地揚起……波光瀲灩的海，富士山頭燦紅的落霞，離離青草上的追逐、相擁，每一日，每一刻，都如紙窗上映現著的幾株櫻花枝影，真實而美好。只是，這一樹恣意綻放的櫻花，卻因街旁電視畫面偶然的一瞥而繽繽紛紛地一刻落盡！原來這愛著、戀著，也學自己穿起和服的男人，竟是英國領事館正急尋的皇家王子，這一瞬間才知是場夢！一場沒有結局的夢！當兩人再相逢在東京街道時，只能淡淡的互望一眼，依然如往昔地唱起七天前相識時的那首歌，一任窗外東京夜晚流麗燦爛的燈光無聲地眼前閃過。是唐明皇與鳳姐的故事吧！「一瞥驚鴻影，相逢似夢中」，比起「櫻花戀」，這要感人多了。「櫻花戀」中馬龍白蘭度的一句「莎喲哪啦」是有缺陷的圓滿結局，流了血的，而「東京假期」則叫人看後喟惜中更感知一分美，雖只七天，卻讓人想到一生一世。

7

陽臺上風很大，吹來極冷，鐵架上幾件衣服濕答答的吊著，風一來拍拍作響。瑟縮的九重葛，無力地攀附著，隨時會掉下來的樣子。

對面宿舍，有人在練習吹笛子，不知怎的一個高音老吹不上去，嘎的一聲就斷了。

斷了。

冰涼的風一刀一刀無情地割著我的臉，割出一道道深深的血痕。但我不哭的。想想，一切似乎也沒什麼，緣來緣去，前世的悲歡喜淚，在今天裏都還清了。此後人生漫漫的長路，就自尋路向，分飛天際吧！這只不過是一場夢，在年輕歲月裏曾經恍惚做過的一個夢。

8

佛家說：「今生偶然的一個照面，不知前世有多少香火因緣。」

9

風很大，衣服脹得鼓鼓的，用手輕輕按了按衣角，卻不知怎的，順手就把煙拿了出來，叨在嘴角。這等大的風，任手掌翻來覆去，也是「嚓」的一聲，一點小火苗又叫風給急急滅了。把火柴一根根連續拿出，劃下，但都是只迸出一星火光，就又滅了。我突然想起安徒生童話裏賣火柴的小女孩，雪夜裏在一根火柴的亮光中看到美麗的憧憬，我呢？一盒火柴都快光了，才把煙點著，深深地吸一大口，眼淚卻不由自主地湧上來。口好乾澀。把煙蒂狠狠扔出去，一滴血紅倏地劃出一道美麗的弧線。用力眨了眨眼，有種好辛酸的感覺四面八方襲來。

10

操場看臺上空蕩蕩的，像是地老天荒。我會一個人靜靜地坐一下午，看天上一群群飛鳥偶爾聒噪聒噪地飛過，福和橋上車子，一輛輛疾駛而來，疾駛而去，像幕幕往事轉眼間就過去了。流水映著橋上長長的疊影在水波上金金碎碎地跳動著。傍晚有風，衣角輕輕揚起，一拍一拍地有聲，這種味道挺好，可以感覺自己真實地活著。

11

這次，你將真的離開我了。雨下得極大，幾乎將我們隔離開來。玫瑰花的香氣也被雨幕凝鎖。失去溫度的眼淚靜靜地滑下來。你說，從此將是擦肩而過的陌路人。在這個城市裏生活，但呼吸的將是不同的空氣，走不同的路，看不同的風景；花開花落，你的四季將不再是我的四季，日升日沉，我們不會再做同樣的夢，在一樣美麗的時刻醒來。我的身影，你將不再守候；我的聲音，你將不再記起。雨下得極大，我聽不到你的聲音，但我恍惚懂了。你無言轉身，離去。我發現手上盃裏的茶冷了，溫度漸漸失去，一股絕冷的孤意，凝凍在不再散發香氣的玫瑰花上。這次，你真的離開我了。

三民叢刊書目

①邁向已開發國家　孫　震著
②經濟發展啟示錄　于宗先著
③中國文學講話　王更生著
④紅樓夢新解　潘重規著
⑤紅樓夢新辨　潘重規著
⑥自由與權威　周陽山著
⑦勇往直前
　・傳播經營札記　石永貴著
⑧細微的一炷香　劉紹銘著
⑨文與情　琦　君著
⑩在我們的時代　周志文著
⑪中央社的故事（上）
　・民國二十一年至六十一年　周培敬著
⑫中央社的故事（下）
　・民國二十一年至六十一年　周培敬著
⑬梭羅與中國　陳長房著
⑭時代邊緣之聲　龔鵬程著
⑮紅學六十年　潘重規著
⑯解咒與立法　勞思光著
⑰對不起，借過一下　水　晶著
⑱解體分裂的年代　楊　渡著
⑲德國在那裏？（政治、經濟）
　・聯邦德國四十年　郭恆鈺　許琳菲等著
⑳德國在那裏？（文化、統一）
　・聯邦德國四十年　郭恆鈺　許琳菲等著
㉑浮生九四
　・雪林回憶錄　蘇雪林著
㉒海天集　莊信正著
㉓日本式心靈
　・文化與社會散論　李永熾著
㉔臺灣文學風貌　李瑞騰著
㉕干儛集　黃翰荻著

㉖作家與作品　謝冰瑩著
㉗冰瑩書信　謝冰瑩著
㉘冰瑩遊記　謝冰瑩著
㉙冰瑩憶往　謝冰瑩著
㉚冰瑩懷舊　謝冰瑩著
㉛與世界文壇對話　鄭樹森著
㉜捉狂下的興嘆　南方朔著
㉝猶記風吹水上鱗
・錢穆與現代中國學術　余英時著
㉞形象與言語
・西方現代藝術評論文集　李明明著
㉟紅學論集　潘重規著
㊱憂鬱與狂熱　孫瑋芒著
㊲黃昏過客　沙　究著
㊳帶詩蹺課去　徐望雲著
㊴走出銅像國　龔鵬程著
㊵伴我半世紀的那把琴　鄧昌國著
㊶深層思考與思考深層
・轉型期國際政治的觀察　劉必榮著
㊷瞬　間　周志文著

㊸兩岸迷宮遊戲　楊　渡著
㊹德國問題與歐洲秩序　彭滂沱著
㊺文學關懷　李瑞騰著
㊻未能忘情　劉紹銘著
㊼發展路上艱難多　孫　震著
㊽胡適叢論　周質平著
㊾水與水神
・中國的民俗與人文　王孝廉著
㊿由英雄的人到人的泯滅
・法國當代文學論集　金恆杰著
51重商主義的窘境　賴建誠著
52中國文化與現代變遷　余英時著
53橡溪雜拾　思　果著
54統一後的德國　郭恆鈺主編
55愛廬談文學　黃永武著
56南十字星座　呂大明著
57重疊的足跡　韓　秀著
58書鄉長短調　黃碧端著
59愛情・仇恨・政治
・漢姆雷特專論及其他　朱立民著

⑬陳冲前傳　嚴歌苓著
⑭面壁笑人類　祖　慰著
⑮不老的詩心　夏鐵肩著
⑯雲霧之國　合山　究著
⑰北京城不是一天造成的　喜　樂著
⑱兩城憶往　楊孔鑫著
⑲詩情與俠骨　莊　因著
⑳文化脈動　張　錯著
⑩桑樹下　繆天華著
⑩牛頓來訪　石家興著
⑩深情回眸　鮑曉暉著
⑩新詩補給站　渡　也著
⑩鳳凰遊　李元洛著
⑩文學人語　高大鵬著
⑩養狗政治學　鄭赤琰著
⑩烟　塵　姜　穆著
⑩河　宴　鍾怡雯著
⑩滬上春秋　章念馳著
⑪愛廬談心事　黃永武著
⑫吹不散的人影　高大鵬著
⑬草鞋權貴　嚴歌苓著
⑭是我們改變了世界　張　放著
⑮夢裡有隻小小船　夏小舟著
⑯狂歡與破碎　林幸謙著
⑰哲學思考漫步　劉述先著
⑱說　涼　水　晶著
⑲紅樓鐘聲　王熙元著
⑳寒冬聽天方夜譚　保　真著
㉑儒林新誌　周質平著
㉒流水無歸程　白　樺著
㉓偷窺天國　劉紹銘著
㉔倒淌河　嚴歌苓著
㉕尋覓畫家步履　陳其茂著
㉖古典與現實之間　杜正勝著
㉗釣魚臺畔過客　彭　歌著
㉘古典到現代　張　健著
㉙帶鞍的鹿　虹　影著
㉚人文之旅　葉海煙著

⑬生肖與童年　小民著　喜樂圖
⑬京都一年　林文月著
⑬山水與古典　林文月著
⑬冬天黃昏的風笛　呂大明著
⑬心靈的花朵　戚宜君著
⑬親戚　韓秀著
⑬清詞選講　葉嘉瑩著
⑬迦陵談詞　葉嘉瑩著
⑬神樹　鄭義著
⑭琦君說童年　琦君著
⑭域外知音　張堂錡著
⑭遠方的戰爭　鄭寶娟著
⑭留著記憶・留著光　陳其茂著
⑭滾滾遼河　紀剛著
⑭王禎和的小說世界　高全之著
⑭永恆與現在　劉述先著
⑭東方・西方　夏小舟著
⑭嗚咽海　程明琤著

⑭沙發椅的聯想　梅新著
⑮資訊爆炸的落塵　徐佳士著
⑮沙漠裡的狼　白樺著
⑮風信子女郎　虹影著
⑮塵沙掠影　馬遜著
⑮飄泊的雲　莊因著
⑮和泉式部日記　林文月譯・圖
⑮愛的美麗與哀愁　夏小舟著
⑮黑月　樊小玉著
⑮流香溪　季仲著
⑮史記評賞　賴漢屏著
⑯文學靈魂的閱讀　張堂錡著
⑯抒情時代　鄭寶娟著
⑯九十九朵曇花　何修仁著
⑯說故事的人　彭歌著
⑯日本原形　齊濤著
⑯從張愛玲到林懷民　高全之著
⑯莎士比亞識字不多？　陳冠學著
⑯情思・情絲　龔華著

(168) 說吧，房間　林　白著
(169) 自由鳥　鄭　義著
(170) 魚川讀詩　梅　新著
(171) 好詩共欣賞　葉嘉瑩著
(172) 永不磨滅的愛　楊秋生著
(173) 晴空星月　馬　遜著
(174) 風　景　韓　秀著
(175) 談歷史　話教學　張　元著
(176) 兩極紀實　位夢華著
(177) 遙遠的歌　夏小舟著
(178) 時間的通道　簡　宛著
(179) 燃燒的眼睛　簡　宛著
(180) 月兒彎彎照美洲　李靜平著
(181) 愛廬談諺詩　黃永武著
(182) 劉真傳　黃守誠著

183
天涯縱橫
位夢華 著

以兩極生態氣候的研究為基礎，作者建構了此書的論理與想像世界。內容從極地景致、開拓艱辛及天文物理觀念，引申至有關宇宙天人及環保的許多想法，包容科學與文學，兼具知性與感性。讓您在詼諧而深切的筆調中，激發對地球的關懷與熱愛。

184
新詩論
許世旭 著

中國詩歌，無論新舊，是一座甘泉，若不掬飲，口渴神焦，……。作者係韓國人士，長年沈浸在中國文學之中，對於在中國新詩的源起及兩岸新詩風格的異同，均有獨到而精闢的見解。是讀者拓寬視野，更深入了解中國新詩之發展所必備的好書。

185
天 譴
張 放 著

「一不埋怨天，二不埋怨地，只是咱家命不濟，生長在這亂世裡。」于祥生，一位山東流亡學生，民國三十八年隨政府搭乘濟和輪來到澎湖，卻萬萬沒料到會遭逢一場史無前例的政治騙局，他的人生、情愛就在這時代悲劇與宿命的安排下，無奈地上演。

186
綠野仙蹤與中國
賴建誠 著

一本融和理性與感性的著作，以經濟分析的專業素養，將關懷的筆觸，延著供需曲線帶進閱讀的天空。那一篇篇翔實的數據，是驗證生活的另一種形式；那一篇篇雋詠的小品，則是理性思維的靠墊。不管你來自士農工商，本書都能提供一場知性洗禮。

187 標題飆題　馬西屏 著

一個出色的報紙標題不僅要精簡準確地傳達新聞訊息，更要能表現文字的優美和趣味，這可是一門藝術。近年來報紙解禁，各種充滿巧思創意的標題紛紛跳上版面，等著要攫取你的注意。小心！一場報刊標題的革命正在編輯檯上悄悄進行……

188 詩與情　黃永武 著

詩以情為主，作者長期浸淫於古典情詩，擷採珠玉，編綴出男女的愛情、家人的親情、入世的世情與出世的忘情種種世態人情。文中所引，首首如新摘茶筍，簇新可喜，且解說精要，切緊詩旨，能帶給您全新的視野與怡然的感受。

189 鹿夢　康正果 著

從大陸西安到新大陸東岸的小鎮，不同的國度有著不同的風土民情，但在作者細膩的心思與敏銳的觀察力之下，它們之間起了微妙的關聯。長期旅居海外的作者，將他生活中的點點滴滴，轉化成一篇篇清雅的散文精品，將讓您領會閱讀的雋永與甘美。

190 蝴蝶涅槃　海男 著

「一個生活在舊時代的女人，她生活在男人之中不如說是生活在戰爭之中，她生活在戰爭之中不如說是生活在蝴蝶之中。一個生活在蝴蝶之中的穿中國旗袍的女人，其靈魂終究會像蝴蝶一樣四處飛翔。」而她的歸宿，竟在何方？

191
半洋隨筆
林培瑞　著

本書是林培瑞教授一篇篇關於他對中國的研究、感想、社論、訪問等合集。作者熱愛中國文化，對當代中國的社會、政治、文學、藝術等無不關心；綠眼黃髮，是位十足的「洋人」，但他對中國的關懷，無不流露在字裡行間，值得我們細細品味與深思。

192
沈從文的文學世界
王繼志／陳　龍　著

沈從文，一個身處於三〇年代的作家，如何在這動盪的中國社會環境中，發揮自己創作及人格上的獨特性，以享有「中國的大仲馬」的美譽呢？作者由政治學、社會學、美學等多種不同角度切入，帶領我們逐步探索沈從文謎一般的文學世界。

193
送一朵花給您
簡　宛　著

本書作者自離臺赴美留學後，便長期旅居美國，迄今已逾二十年。書中有著許多海外生活的點滴，又有往來中國大陸、美國、臺灣所觀察到的各種社會現狀，有針砭亦有從關懷出發的諄諄叮嚀，使得全書層次豐富，文趣盎然。

194
波西米亞樓
嚴歌苓　著

作者為生於上海、旅居海外的優秀作家。本書除蒐羅其在美生活點滴、寫作歷程及心得，更有對書作、電影之所感所懷。洗鍊的文筆、豐華的文采，加之發自心靈深處的感動，這一篇篇雋永、情摯的佳作，縮短了作者與讀者間的距離。

195
化妝時代
陳家橋 著

陳，在一次陌生人闖入的情形下，成為一個殺人的疑犯，他必須找尋凶手，找尋這個和他打扮一樣的陌生人；就在他從化妝師那尋找線索時，他落入一個如真似幻的情境，在無法自拔時，他被指為瘋子，被控謀殺，他要如何去面對這一切的問題……。

196
寶島曼波
李靜平 著

年少時天真得令自己淪為笑柄的悲慘遭遇，事過境遷後往往反為記憶中開心的片段。本書中收錄著作者兒時的種種突發奇想，那屬於孩提時代的天真、忘我，有的令人噴飯，有些令人莞爾。在兒時距我們越來越遠的當兒，本書絕對讓你返老還童。

197
只要我和你
夏小舟 著

本書作者早年負笈日本，而後旅居美國。儘管足跡從保守的東方跨入開放的西方，但作者對兩性情感世界的關注卻不曾稍減。書中所收一篇篇帶著遺憾的真實故事，不甚完美的結局，恰能提供你我一個正視情感與人性的機會。

198
銀色玻璃人
海男 著

「林玉媚走進了花園深處，她想看看吹奏薩克斯風的這個人是誰？……」是什麼樣一段不為人知的記憶，輕輕撩撥這即將邁入三十的女醫生心絃？循著四月天的癌症病房，她慢慢鋪陳出一段段似有若無的感情軌跡，讓心隨著它一同飛翔。

199 **小歷史——歷史的邊陲** 林富士 著

想窺視求符籙、作法事、占夢等流傳已久的巫覡傳統嗎？想了解中元普渡傳統祭典的現代性格嗎？屎尿、頭髮與人肉又有哪些有趣的象徵意義呢？處於多元化的社會，這些「邊緣」文化所表現出民眾對鬼神及自然界不可知力量的敬畏，值得您深入探討。

200 **再回首** 鄭寶娟 著

本書收錄作者近期滿意的短篇創作十四篇，情感深刻，直指人心。誰說小說都只是風花雪月、不食人間煙火的夢幻，作者藉著細膩的感觸、流暢的敘述筆力，結構出人生各個層面的真情實感；而正因這份真實，讓人感歎紅塵種種的可貴與無奈。

201 **舊時月色** 張堂錡 著

「每個人都有自己的日光風景，每個世代的人都會創造出獨特的回憶。……只要流過汗水，踏實走過，每一步都會閃著黃金般的亮光。」這本散文集或敘童年往事，或寫人物情緣，或抒讀書雜感，是作者向青春，向散文告別的見證，讀來別有感懷。

202 **進化神話第一部：駁達爾文《物種起源》** 陳冠學 著

達爾文《物種起源》一書，闡釋了「物競天擇，適者生存」的自然進化學說。一百多年來，人們一直戴著這副偏光鏡片去觀察世界，而不自知。本書以科學的論述，客觀地指出進化理論的矛盾意想，層層揭露了進化神話的迷思。

203
大話小說
莊因 著

作者以其亦莊亦諧的筆調，探觸華人世界的生活百態，這其中有憶往記遊、有典故，當然還有他所嗜好的飲食文化，綜觀全書，不時見他出入人群，議論時事，批評時弊，本著知識份子的良知良行，期待著中國人有「說大話而不臉紅的一天」。

204
人禍
彭道誠 著

太平天國起義是近代不容忽視的歷史事件，他們主張男女平等，要解百姓倒懸之苦。而戰無不勝勢如破竹的天朝，卻在攻下半壁江山後短短幾年由盛而衰，終為曾國藩所敗，何以有此劇變？讀者可從據史實改編的本書中發現端倪。

205
殘片
董懿娜 著

讀董懿娜的小說就像凝視一朵朵淒美的燭光。她筆下的女主人翁大都是敏感又聰明的人物，明明知道等待著她的是絕望，她還要希望。而她們的命運遭遇，會讓人覺得曾經在塵世間匆匆一瞥。本書就在作者獨特細緻的筆觸下，編排著夢一般的真實。

國家圖書館出版品預行編目資料

舊時月色／張堂錡著.--初版.--臺北
市：三民，民88
面；　公分.--(三民叢刊;201)
ISBN 957-14-3008-0 (平裝)

855　　　　88012473

網際網路位址　http://www.sanmin.com.tw

著作人　張堂錡
發行人　劉振強
著作財產權人　三民書局股份有限公司
臺北市復興北路三八六號
發行所　三民書局股份有限公司
地　址／臺北市復興北路三八六號
電　話／二五〇〇六六〇〇
郵　撥／〇〇〇九九九八——五號
印刷所　三民書局股份有限公司
門市部　復北店／臺北市復興北路三八六號
重南店／臺北市重慶南路一段六十一號
初　版　中華民國八十八年十月
編　號　S 85513
基本定價　叁元肆角
行政院新聞局登記證局版臺業字第〇二〇〇號

ISBN 957-14-3008-0 (平裝)